CHUUK ISLANDS

세상 끝에 살고 싶은 섬 하나

사진 이병률
글 김도헌

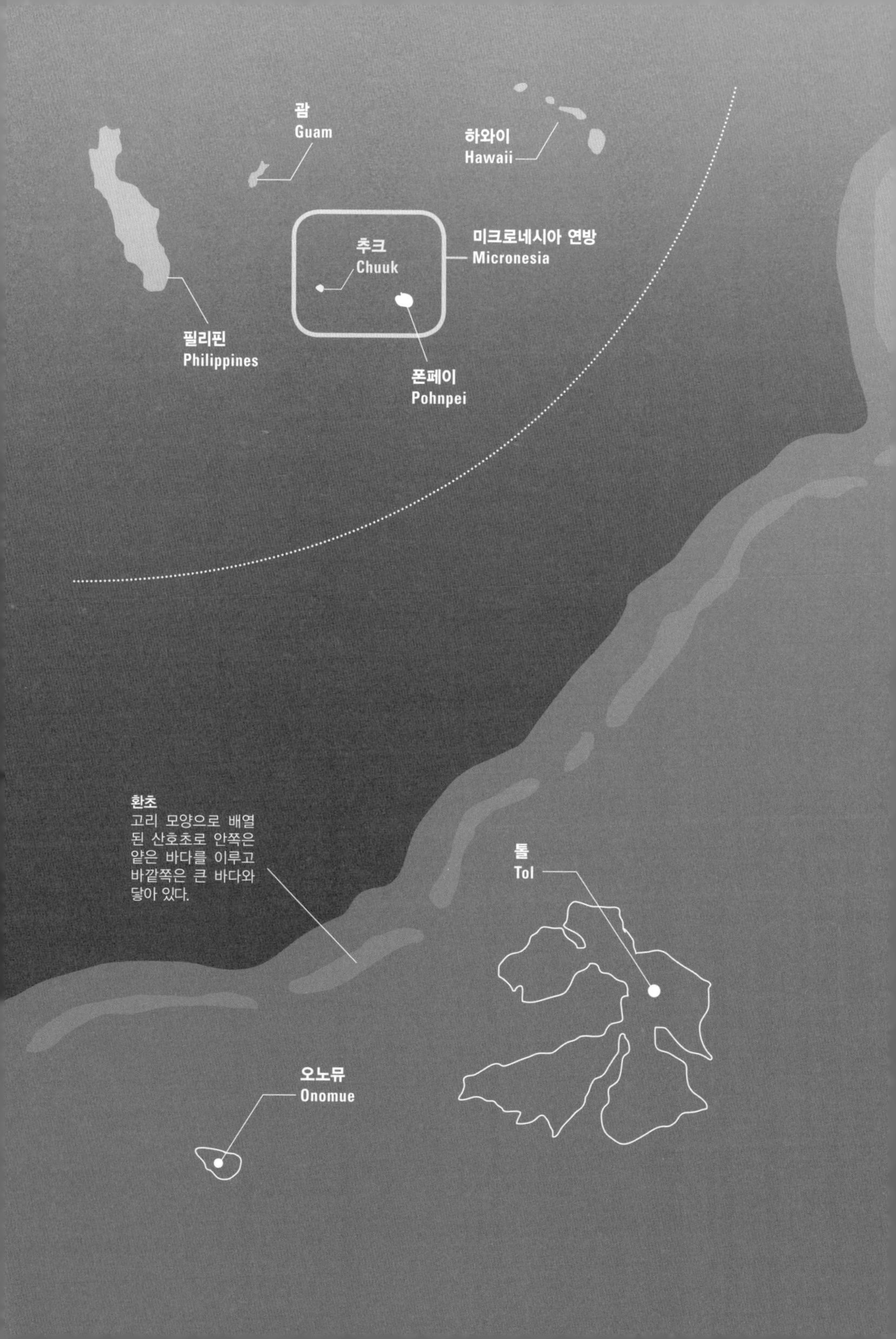

괌
Guam
하와이
Hawaii
추크
Chuuk
미크로네시아 연방
Micronesia
필리핀
Philippines
폰페이
Pohnpei
환초
고리 모양으로 배열된 산호초로 안쪽은 얕은 바다를 이루고 바깥쪽은 큰 바다와 닿아 있다.
톨
Tol
오노뮤
Onomue

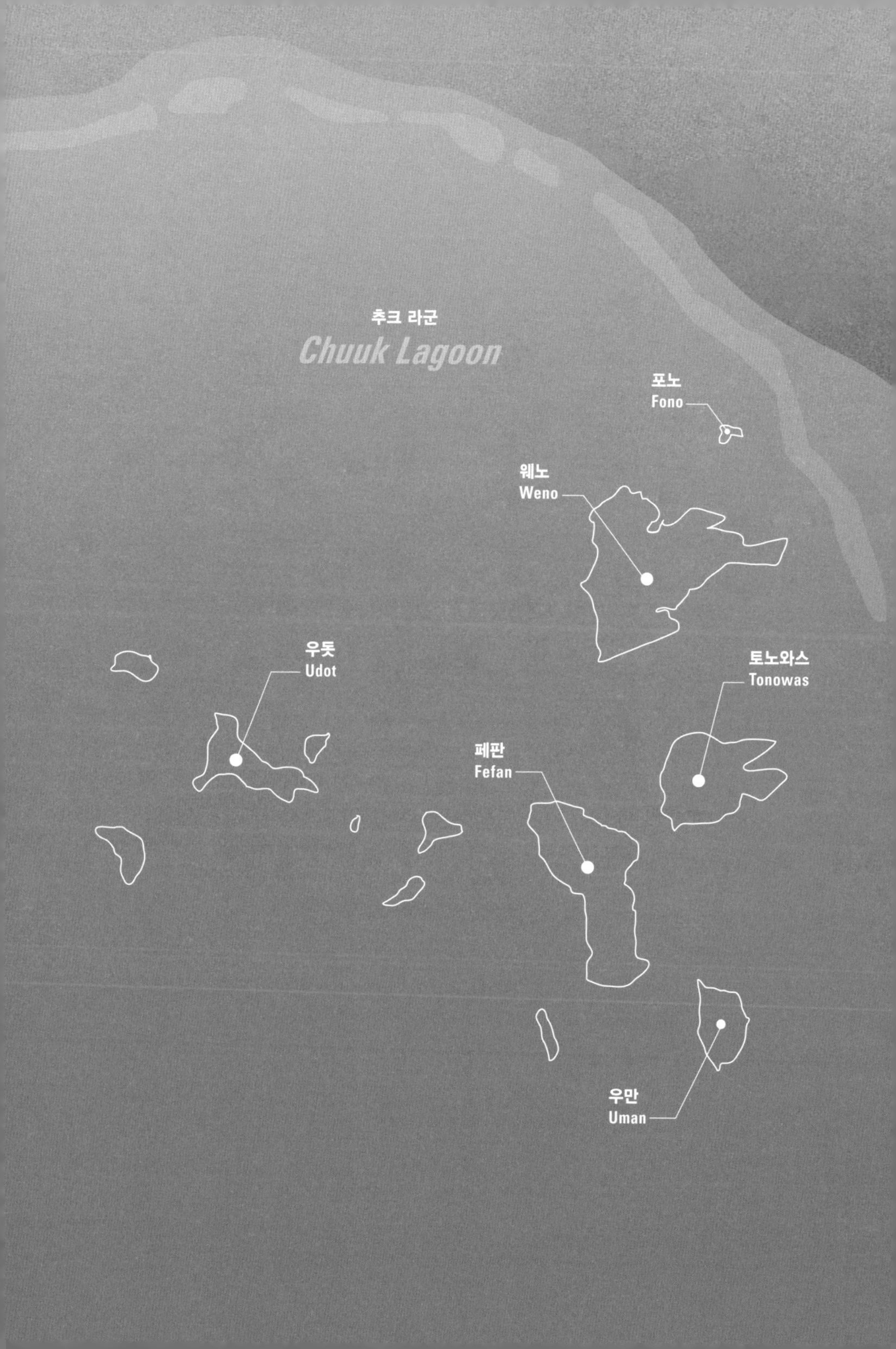
추크 라군
Chuuk Lagoon
포노
Fono
웨노
Weno
우돗
Udot
토노와스
Tonowas
페판
Fefan
우만
Uman

서문

오래전 무작정 떠나와 아무 생각 없이 살게 된 남태평양의 어느 섬나라 미크로네시아. 이곳에서 원주민 여자를 만나고, 아이들이 생기면서 이제는 시간이 흐르는 것에 별 감각을 못 느끼며 살고 있다. 사람 사는 일은 다 똑같다. 힘들고 넘어질 때마다 돌아가고 싶기도 했지만 하늘과 바다에 발목이 잡히고, 사람한테마저 발목이 잡혀 있다.

어느 때쯤 이곳에서 사는 내 얘기를 쓰리라 맘먹었다. 이곳의 하늘과 바다를, 사람들을. 오래전에 잊었던 얘기들을, 오래되어 바람에 사라져버린 얘기들을.

마을에 모든 불이 꺼지고, 밤하늘의 별빛과 달빛만이 온전한 시간. 아이들은 도란도란 떠들고, 집사람은 말없는 내 옆에서 졸기만 한다. 할 것 없는 저녁. 베란다에 앉아 커피와 담배만으로 시간을 보내며 간간이 밤하늘을 가르는 별똥별이 몇 개인지를 세어보다가 문득 이 이야기는 시작된다.

7

변곡점을 지나 내리막길에서 반동을 꿈꾸는 것도 아니고 그렇다고 세상을 향해 소리치는 것도 아니다. 그저 의미 없는 몸짓에 불과할 것이지만, 멀리 외떨어져 존재조차 희미해져가는 어떤 한 남자가 북위 7도에 떠 있는 섬에 살면서 몸으로 겪어내고 받아낸 이야기로 읽어주었으면 좋겠다.

몸 가누기 힘들었던 그때, 사람 사는 일에 서투르고 견뎌내지 못해 많이 힘들어했던 내 친구 박흥식 박사 그리고 동료들에게, 이 책이 조금의 얘깃거리라도 되었으면 한다. 그들이 내게 보탬이 되고 의지가 되었듯이. 진심으로 말이다.

차례

꼭 떠나야 하는 때_

추크▼에 가려면 일단 괌으로 출발하는 비행기를 타야 한다. 탑승 시간까지 사십여 분 남아 있었기에 24번 게이트 근처 구석진 빈자리에 앉아 공항 창밖을 바라보았다. 경사진 넓은 유리창 너머의 하늘은 어느새 검붉게 채색돼 있었다. 노을 너머로 서울이라는 도시가 있다.

어머니 때문에라도 일 년에 한두 번씩 들어와 이삼 주를 머물다 가곤 했는데 이제는 어떻게 해야 할지 모르겠다. 여동생은 이미 고등학생 조카 둘을 둔 생활인이니 어쩌다 서로 잘 지내고 있다는 안부만 전해도 충분할 테고, 아직 미혼인 남동생은 혼자만의 방종한 생활을 바꿀 생각도 능력도 없이 강아지 한 마리와 아파트에서 잘 견딜 테니 오히려 나의 귀국이 귀찮고 부담스러우리라. 내가 집에 가면 청소도 신경써야 하고 식사도 제때 챙겨야 하고 늦은 귀가나 외박에도 눈치를 봐야 하니 말이다.

나는 한국이 점점 불편해진다. 이곳이 몇 년 사이 급속하게 변화한 모습을 보여주는 가장 대표적인 것을 말해보자면, 스마트폰이다. 버스나 지하철에서 모든 사람들이 고개 숙이고 휴대폰으로 무엇인가에 열중하고 있는 모습을 볼 때면

▶ Chuuk, 남태평양에 위치한 미크로네시아 연방의 섬

공포 영화의 한 장면이 떠오르며 소름이 돋는다. 언제인가 속초 바닷가 경치 좋은 곳에 위치한 횟집에서 점심을 먹을 때였다. 건너 테이블에 초로의 여인 한 명과 갓 결혼했을 법한 부부가 함께 식사를 하면서 한 손으로는 계속 휴대폰으로 무언가를 하고 있었다. 초로의 여인까지도 모두 말이다. 커다란 하늘과 바다가 펼쳐져 있었고, 멀리는 어선 몇 척이 떠 있었고, 그 앞으로는 빛바랜 회색 등대가 서 있었고, 제방으로는 파도가 밀려왔다가 부서지고 또 밀려오는 고적한 풍경을 앞에 두고. 세 식구의 쉽지 않은 나들이였을 텐데 각자 손바닥보다 작은 휴대폰만 들여다보며 무슨 생각을 하고 있었던 걸까?

이토록 불편하게 변해버린 한국인데, 나는 꼭 일 년에 한 번씩 이곳에 다녀가야만 하는 것일까?

19

낚시하기에 좋은 날이다, 베네딕_

언덕길을 내려가 공터 앞 마을회관에 다다르니 혼자서 낚시 도구를 챙기고 있는 베네딕이 보인다. 시커멓고 커다란 얼굴 아래로 드러난 넓고 두꺼운 어깨, 내가 두 팔로 안기에도 벅차 보이는 불룩한 배. 어찌 보면 난폭한 고릴라처럼 보이기도 하지만, 벌어진 앞니를 드러내며 웃을 때는 영락없이 개구진 소년 같다. 이 섬에서의 유일한 친구가 나를 향해 천진하게 웃는다.

이삼일 비바람이 심하게 불다 바다가 잔잔해진 아침, 베네딕이 내게 안쏘를 보내 낚시나 가자고 말을 전했다. 마침 무료하고 심심하던 차 대충 옷을 챙겨 입고 숙소를 나섰다.

일행은 베네딕과 길잡이 안쏘, 그리고 나 이렇게 셋이었다. 타고 나간 배가 40마력 엔진 하나에, 길이 5미터 폭 1.5미터 정도의 작은 크기라 사람을 더 태울 수도 없었다.

"안쏘, 내 낚시 도구는 있어?"

"응. 베네딕이 네 것까지 준비해놨어."

이곳에서의 낚시 도구는 8호 정도의 바늘과 엄지손톱만한 납을 녹여 만든 추, 100미터 길이의 15호 낚싯줄, 그리고 낚싯줄을 감을 팔뚝만한 합판 쪼가리가 전부다. 한국에서처럼

릴 대를 사용하면 감이 늦게 전달되기 때문에 물고기가 미끼를 물었을 때 낚싯대를 쳐올리는 것이 늦어진다. 대부분의 경우 끌어올리기 전에 상어가 물고기의 반 토막쯤은 떼어간다. 물고기들도 굉장히 공격적이라 한두 번 입질 후에 바로 미끼를 문다. 더구나 산호초에 사는 돔 종류들은 이빨이 날카로워 조금만 늦어도 낚싯줄을 끊고 달아나기 때문에 바로 끌어올려야 한다. 노동에 가까운 낚시질이다.

제대로 된 슬리퍼조차 신지 못하고 등교하는 꼬마들이 내게 말을 건다.

"킴, 어디 가? 오늘은 사탕 있어? 이따 학교 끝나고 지나갈 때 부를까?"

"멘슨, 미안하다. 오늘은 베네딕하고 낚시를 가 늦게 돌아올 것 같아. 사탕은 내일 줄게."

꼬마들은 베네딕의 이름을 듣고 금세 표정이 굳어지더니 뛰어간다. 이 동네 사람들은 베네딕이라는 이름을 들으면 열이면 열 활짝 웃다가도 순식간에 엄숙하거나 두려운 낯빛을 하곤 꼭 할말만을 끝내고 얼른 자리를 뜬다. 심지어 동네 강아지들도 베네딕만 보면 꼬리를 내리고 가던 길을 슬그머니 돌아간다. 베네딕은 이 동네 주민들에게 경외의 대상인 것 같지만 내게는 아주 편안하고 가끔 술 한잔 나눌 수 있는 유일한 원주민 친구다.

"낚시하기는 좋은 날이다, 베네딕."

"어서 와! 환초▼ 쪽으로 낚시 갈까 하다가 주말이라 할 일 없이 빈둥거릴 네가 생각나서 불렀다. 같이 가자."

"고마워. 오늘 저녁에 식구들하고 먹을 큰 놈 몇 마리 잡아줄게. 기대해."

내가 너스레를 떨자 베네딕이 슬쩍 웃으며 안쏘를 향해 소리친다.

"안쏘, 기름은 20갤런 준비하고 닻줄도 충분히 준비해라. 이십 분 뒤에 출발하자."

▶ 산호초만으로 이루어진 둥근 고리 모양의 섬

저녁의 표류_

베네딕과 내가 먼저 배에 오르고, 안쏘가 배를 밀어 깊은 바다로 향한다. 햇빛에 모랫바닥이 어른거리고 희끗한 송사리떼와 무채색의 이름 모를 작은 고기들이 잘피밭을 어지러이 돌아다니며 현란한 빛으로 잔영을 만들어낸다.

엔진을 작동할 수 있는 충분한 깊이에 이르자 안쏘가 선수 쪽으로 올라타 산호초들을 살핀다. 옅은 비취색에서 남색으로 바다색이 짙어질수록 환한 모랫바닥 위로 보라색 산호초들이 눈에 띈다. 작고 화려한 고기들이 산호밭 사이를 부지런히 헤엄친다. 배가 해안가를 완전히 벗어나고 엔진의 속력을 높여 북쪽 채널▼로 향한다. 따가운 햇볕에 노출된 팔뚝과 종아리, 목덜미가 뜨겁게 달아올랐다. 사방 천지 온통 푸른색이다. 하늘엔 청색과 또다른 청색들이 무질서하게 섞여 있고 그 위로 가벼운 구름, 무거운 구름, 저마다 다른 구름떼들이 점점이 떠 있다.

환초 안에서는 수영도 하고 다이빙도 자주 해봤지만 환초를 빠져나와 대양 한가운데에서의 수영은 처음이다.

바다로 뛰어드니 표층은 내해나 별반 다름없이 따뜻하다. 수경이 없어 물속을 들여다볼 수 없지만 수경이 있다 해도

▶ 경로, 통로

이 망망대해 수심 천 미터 이상 되는 데서 물속을 본들 무엇이 보일까. 깊어질 대로 깊어진, 모든 색들을 지워버린 암흑만이 있겠지.

그래도 자맥질을 해 물속을 들여다본다. 시야가 어른거리지만 표층 쪽은 꽤 멀리까지 환하다. 수면을 통과한 햇빛 기둥들이 내 주위로 현란하게 서 있다. 그러나 아무리 무한한 에너지를 지닌 빛이라도 이 깊은 바다의 표층 2, 30미터 이내를 겨우 관통할 뿐, 조금만 고개 숙여 내려다보면 아주 오래전부터 존재해왔던 완벽한 침묵의 어둠만이 있다. 그 깊고 무거운 어둠이 내 발목을 잡아당길 것 같은 두려움에 얼른 배 위로 올라오고 만다.

갑자기 찬바람이 목덜미와 뺨을 훑고 지나간다. 북쪽 하늘 가득히 먹구름이 밀려온다. 십 분 전까지도 멀쩡하던 하늘이 마치 요술처럼 변덕을 부린다. 안쏘가 서둘러 스파크 플러그 세 개를 다시 꽂는다. 시동을 걸자 엔진은 작동하지만 소리가 영 좋지 않다. 나도 이곳 생활이 팔 년째라 엔진 소리만으로도 좋고 나쁨을 구별할 수 있다.

환했던 하늘이 갑자기 어두워지며 찬바람이 잔잔한 바다 위를 쓸고 지나간다. 금세 굵은 빗방울이 얼굴과 팔뚝 위로 떨어지고 수면 위로 작은 파문들을 수도 없이 만들어낸다. 시야가 좁아진다. 푸덕대는 엔진은 파도가 허옇게 부서지는 환초 쪽으로 방향을 잡는다. 간신히 채널 입구까지 왔지만 엔진이 다시 꺼진다. 이제는 스파크 플러그를 빼내 말릴 수도 없다. 불안감에 베네딕을 쳐다본다. 여전히 무표정하다. 안쏘도 여전히 평온하다.

환초 밖에서 표류한 사람들의 이야기를 가끔 듣곤 했었다. 고장난 엔진을 바닷속으로 버리고 해류와 바람에 의지해 보름쯤 흘러가 필리핀 먼바다에 닿아 구조되어 비행기를 타고 돌아온 사람들 이야기였다. 물론 우리는 환초 가까이에 있고 채널 입구도 앞에 있으니 망망대해에서 사고가 난 사람들과는 다른 처지다. 더구나 베네딕과 안쏘의 얼굴에 당황하는 기색이 없으니 이 바다 한가운데서 필리핀 쪽으로 떠내려가는 일은 없을 것이다. 그러나 여전히 불안하다.

빗줄기는 굵어지고 몇십 미터 앞도 분간되지 않는다. 안쏘가 일어나 앵커 줄을 잡고 바다로 뛰어든다. 놀라 베네딕을 쳐다보았지만 그는 흐릿하게 보이는 채널 쪽을 무표정한 얼굴로 응시할 뿐이다. 그렇게 잔잔하던 바다의 너울이 해류와 비바람의 엇갈림에 부서지고 내던져져 사납게 울부짖는다. 안쏘는 파도의 방향을 따라 헤엄치며 배를 채널 안쪽으로 천천히 끌고 간다. 배가 겨우 환초 안으로 들어서자 안쏘가 뱃전으로 올라와 가쁜 숨을 쉰다. 바닷물이 따듯해 헤엄칠 때는 춥지 않았겠지만 배 위에 서서 젖은 채로 비바람을 맞으면 추울 것이다. 안쏘의 입술이 새파랗다.

배는 물살에 흘러 채널 입구의 무인도에 겨우 닿는다. 우리 셋은 해변가로 배를 밀어올린다. 약간의 음식과 물이 들어 있는 아이스박스를 비가 덜 들이치는 야자나무 밑으로 옮겨놓고 바다를 바라보며 나란히 앉는다. 젖은 담배에 어렵게 불을 붙여 물고 천지간 물보라로 가득찬 세상을 바라보니 낯설기 그지없다. 베네딕이 무표정한 얼굴로 말했다.

"금방 그칠 거야."

"베네딕, 엔진이 쉽게 고쳐지지 않을 것 같은데."

"오랜만에 날씨가 좋았으니 환초 밖으로 나갔다 돌아오는 배들이 있을 거야."

그의 말대로 비는 한 시간 만에 그쳤다. 비가 올 때도 순식간에 하늘이 변하고, 날이 갤 때도 하늘이 갈라지듯 북쪽부터 먹구름이 걷히더니 사방이 환해졌다. 잠시 서쪽으로 무지개가 떴다가 사라지더니 황금처럼 빛나는 주황색 물안개가 수평선 위로 피어오른다.

젖은 옷을 벗어 물기를 쥐어짜 말려 입고 그새 햇빛을 받아 뜨거워진 모래밭을 걷는다. 이곳의 모래는 산호가 부서진 가루들로 일반 모래보다 더 부드럽고 가볍다. 아무 생각 없이 섬을 한 바퀴 둘러보고 돌아오니 안쏘가 어느새 준비했는지 야자열매 하나를 건네준다. 미지근한 이온음료맛이 나는 야자열매를 반쯤 마시고는 모래밭에 던진다. 기다리던 배는 통 보이질 않고 석양은 점점 짙어만 간다. 바다도 하늘도 그 진주홍빛에 함몰되고 나도 함몰되어간다.

안쏘가 지펴놓은 모닥불 주위로 둘러앉는다. 점심에 먹다 남은 밥과 반찬을 꺼내 야자나무 잎 위에 차려놓고 약간의 허기를 채웠다. 바닷물로 입을 헹구고 손을 닦은 뒤 독한 담배를 한 대씩 물었다. 주위는 어둑어둑해져오고 저멀리 사람들이 살고 있는 섬에서 드문드문 불 밝히는 모습이 보인다.

"이럴 줄 알았다면 맥주라도 한 박스 가지고 올걸. 안쏘, 숨겨둔 술 없어?"

아쉬움 가득한 내 말에 안쏘가 배 앞쪽 작은 해치에서 반쯤 남은 보드카 한 병을 꺼낸다. 그리고 얼른 야자열매 몇 개를 쪼개서 과즙을 보드카 병에 따라 넣고 섞는다. 속이 빈 야자열매를 술잔 대용으로 건네준다.

"킴, 안주가 필요하면 열매 안쪽 하얀 부분을 먹어."

야자열매 안쪽의 하얀 부분은 무인도에서 술을 마실 때는 안주로 훌륭하지만, 야자유로 음식의 고소한 맛을 내기도 하고, 피부나 머리에 바르는 화장품, 근육통이나 멍든 부위에 바르는 의약품으로도 요긴하게 쓰인다.

안쏘는 미군정 시절 미국에서 중심도시로 사용하기 위해 건설한 공항과 항구 그리고 대형마트가 있는 웨노 섬 바로 옆의 토노와스 섬 출신이다. 그 섬은 1차세계대전 때 독일이 패한 후 일본이 점령하여 통치하며 중심 섬으로 사용하였기 때문에, 지금도 많은 콘크리트 건물들과 상수도 설비 그리고 항구와 공항의 잔재가 남아 있다. 게다가 일본군 본대가 주둔하고 있었기에 원주민들 중 일본 혼혈이 많아 사람들이 대체로 부지런한 편이다. 안쏘가 건네준 술은 독하고 짐짐하고 미지근했다. 보드카 몇 잔에 온몸에서 열기가 피부를 뚫고 나온다.

흐트러지는 정신을 잡아보려고 독한 담배를 피운다. 등뒤의 숲이 어둠을 뱉어내는 사이 모래사장과 바다는 달빛으로 점점 하얗게 빛난다.

"킴, 집 생각 안 나니? 여기 온 지 한 팔 년 됐나?"

베네딕이 물어본다.

"글쎄, 가끔은 생각난다. 몸이 아플 때나 술 먹었을 때."

"결혼은 안 해? 주위에서 골라봐. 동네 처녀들도 너라면 흔쾌히 승낙할 텐데."

"글쎄, 좀더 상황이 안정되면 그때나 생각해보려고. 아직 이것저것 해야 할 일도 많고."

"그래, 나도 네가 이곳에 마음을 붙이지 못하는 줄은 알지만 사람은 짝을 만나 가정을 이루고 사는 게 자연스러운 거야. 네가 한국 여자와 결혼할 수 있는 상황이면 말을 안 하겠지만, 내가 보기에는 네가 한국으로 돌아갈 생각도 하지 않는 것 같고 한국 여자가 이곳에 와서 살기도 어려우니 걱정이 돼서 그런다."

"알아. 하지만 아직은 할 일이 있어. 신경써주어 고맙다, 베네딕."

다시 술 한 모금을 마신다. 여전히 맛이 쓰다. 반쪽이 채 안 되어 보이는 달이, 바다를 이 무인도를 비추고 있다. 환초 바깥으로는 너울 큰 물살이 은을 펴 나르는 듯 머리까지 달빛을 퍼뜨린다.

"킴, 한 대 줄까?"

베네딕이 작은 비닐봉지에서 손바닥만한 종이 한 장과 잘게 빻은 마리화나 잎을 꺼내 말아준다. 여기 마리화나는 꽤 질이 좋다는 소릴 들었다. 베네딕이 한 모금 깊이 들이마시고 내게 건넸고 나도 한 모금 빤 후 안쏘에게 건넨다. 독한 술 한 모금을 마신다. 다시 베네딕이 마리화나를 건넨다. 또 한 모금 빨고 술 한 잔을 마신다. 술맛이 부드럽다. 지친 몸이 모래 속으로 완전히 가라앉는다.

허벅지에 묻어 까끌거리던 모래도, 쉼 없이 괴롭히던 모기도, 더이상 신경쓰이지 않는다. 한풀 사그라져 발갛게 재만 남은 모닥불에서 새가 날아오른다. 날갯짓에 불길이 따라 이는, 시뻘건 새가 하늘로 날아간다. 또 한 마리의 새가, 또 한 마리의 새가, 또 새 한 마리가, 수십 마리의 불새가 암청색 하늘을 가득 메워 어둠을 밝힌다.

베네딕은 핏발 선 눈으로 하염없이 바다를 바라보고 있다. 그는 무엇을 보고 있는 걸까. 바다에서 태어나 사십 년 이상을 바다에서만 살아온 남자. 이곳으로 오기 전까지 서울 변두리에서 태어나 삼십 년을 서울에서만 살아온 내게는 너무 낯선 사내다. 일하는 도중에 정글도에 베여 종아리에 깊은 상처가 나도 슬쩍 웃는 얼굴로 전혀 감정을 드러내지 않는 무심한 남자. 하루를 같이 지내면 열 마디쯤 하는 남자. 그 열 마디조차 억양 없이 나직이 입속으로 웅얼거리고 마는, 그래도 전혀 어색하거나 공허하지 않은 남자. 그는 이 적막한 해변에서 술과 마리화나를 즐기며 어느 먼 곳을 바라보며 무슨 생각을 하고 있는 걸까.

"베네딕, 이 새들이 보여? 하늘 가득히 날아오르는 아름다운 새들이?"

"너는 새를 보고 있구나. 나는 어둠을 보고 있어. 바다가 점점 더 어두워진다. 바다가 넓어질수록 어둠이 점점 더 짙어가는구나. 저 암흑은 무엇일까? 우리의 출발점이 저 너머 어디일까? 우리 모두가 저곳에서 시작되었을까?"

안쏘는 감미로운 꿈이라도 꾸는지 두 팔을 벌리고 누워 연신 웃으며 누군가와 얘기를 나누고 있다. 베네딕도 안쏘를 바라보며 웃고 만다.

"킴, 여기가 그렇게 마음에 안 드는 거야? 이제는 한국보다 더 편하지 않아? 물론 쇼핑몰이나 스타벅스 같은 건 없지만 여기선 그런 것들이 필요 없잖아. 네가 살던 곳은 너무 복잡하고 매정한 세상이야. 제도를 앞세워 사람들을 억압하고 착취하고 인간미를 말살하는 그런 데보다는 여기가 낫지 않겠어?"

“개인의 삶을 놓고 본다면 여기가 훨씬 인간적이고 따듯하지. 한국이라는 숨막히는 데에선 한 인간이 불합리하게 억압받고, 가진 자들이 교묘한 방법으로 없는 자들을 무자비하게 착취하며 이용하지. 그렇지만 내가 이곳에 살면서 견딜 수 없는 것은, 다른 거야. 너희들의 그 몰염치함. 평소에는 타인들을 잘 배려하고 친절하지만 너희들 자존심에 조금이라도 상처가 나면 극단적이고 폭력적으로 반응하는 모습. 난 그런 게 견디기 힘들어. 물론 내가 너희 풍습이나 예절에 서툴러 실수할 때도 있지만 그건 너희들이 자본주의 체제에 전혀 익숙하지 않아 오해를 해서 그런 거지, 절대로 내가 너희를 무시하거나 존중하지 않아서 그러는 것은 아니야. 아무 설명 없이 갑자기 폭력적으로 반응할 때 나로서는 난감하고 화가 날 때가 많아. 평소 친하게 지내던 사람들이 그렇게 돌변하면 배신감까지 느껴.”

모닥불에서 더이상 새들이 날아오르지 않는다. 야자열매와 껍질 안쪽의 팜유가 함께 타면서 고소한 냄새가 난다.

“킴, 너는 사람이 뭐라고 생각해?”

무슨 소리인가 싶어 베네딕을 쳐다보자 그가 다시 묻는다.

“사람의 생명의 본질이나 속성에 대해 어떻게 생각해?”

아침부터 파도와 햇빛에 시달리다 오후에는 장대비에 몸과 마음이 지치고, 엔진까지 고장나 하는 수 없이 표류한 무인도에서, 저녁도 거른 채 싸구려 보드카에 야자열매를 섞어 마시고 거기에 마리화나까지 피워대서 정신이 혼미하다. 그런데 느닷없이 생명의 본질과 속성에 대해 물으니 조금은 힘이 빠져나가는 기분이다. 무슨 얘기를 하고 싶은 걸까. 그와 육칠 년을 만나면서 그저 사는 얘기, 그리고 서로에게는 없는 신기한 것들에 대한 얘기, 가끔 술 한잔에 여자 얘기로 낄낄대며 편하게 지내왔는데, 느닷없이 생명의 본질이라니.

"왜 그런 걸 물어봐? 너무 어려운 질문 아니야?"

"꽤 많은 외국인들이 이곳을 찾아오고 또 많은 외국인들이 이곳에 흥미를 느끼고 여기 여자들과 결혼도 해. 그런데 대부분 오래 머물지 못하고 자기 나라로 돌아가지. 식구들을 데리고 가는 사람도 있고, 그냥 가족을 버리고 훌쩍 떠나는 사람도 있어. 물론 남겨진 가족들이, 특히 여자들은 혼자 남겨졌다고 힘들게 살지는 않지. 너도 알다시피 이 사회는 대가족 제도라 주위의 많은 사람들이 서로를 돕고 자연환경도 풍족해 경제적인 어려움은 없잖아. 물론 여자들이 재혼도 하고, 남자는 아내의 자식들을 당연히 보살피지. 내가 떠나간 남자들에 대해서 유감이 있는 것은 아니야. 다만 왜 그들이 여기서 사는 것을 힘들어하는지 궁금할 뿐이지. 아마도 너와 같은 이유겠지. 그래서 항상 물어보고 싶었어. 무엇이 너희들의 세계와 그렇게 다른지를. 내 생각에는 너희들의 사고방식에 문제가 있는 건 아닐까 싶은 거야. 지금까지는 인간우월주의와 자본주의가 갖고 있는 장점으로 버텨내고 살아왔지만 지금부터는 그 부작용이 심각한 수준에 이르고 있어. 이제부터는 그 문명이 소멸의 길로 들어선 것 같아. 킴, 네 나이가 서른여덟이랬지? 남자가 사십 년 가까이 육체에 심각한 손상 없이 생존했다는 것은 인류의 역사로 본다면 성공한 개체라는 얘기겠지. 물론 그 개체수가 너무 많은 것이 문제이기는 하지. 어찌되었건 이 세상에서 사십 년 가까이 생존에 성공했다면 충분히 인간이라는 것에 대해, 생명의 속성이라는 것에 대해 생각할 자격이 있는 것 같아서 물어보는 거야."

"글쎄. 베네딕, 지금까지 그런 문제에 대해 심각하게 생각해본 적이 없어. 다만 네 말대로 그렇게 되어가고 있는 건 맞지만 그래도 아직은 많은 사람들이 이 세상을 걱정하고 개선하려고 노력해. 자기 인생을 바쳐 불의에 대항해 싸우고 가난하고 없는 자들을 위해 희생하는 사람들도 있지. 그렇기에 아직은 희망적인 거야."

나 자신도 확신하지 못하는 것을, 몽롱한 정신에 되는 대로 지껄이고 남은 술을 마신다. 더는 아무 맛도 느낄 수 없다. 베네딕은 거친 얼굴로 바다를 응시하고 있다.

"킴, 세상에 오직 하나의 종, 인간만이 실체도 없는 희망이라는 관념 때문에 존재한다. 지구상에 존재했던 생물 중에 오직 인간만이 희망이라는 관념, 또는 사랑, 신이라는 존재에 의미를 두고 싸우고 살생하며 타락한다. 또 그 이유로 다른 존재들을 말살하고 착취하거나 무시하지. 오직 인간만이 이 세상에서 선택받은 종이고 우월한 존재라고 떠들며 세상을 망치고 있지. 심지어는 전혀 필요하지 않은 '부富'라는 개념을 만들고 그것이 만들어내는 관념에 사로잡혀 화폐라는 매개물을 사용하면서 서로가 서로를 괴롭히고 단절시킨다. 더 우스운 것은 인터넷이라는 시스템 안에 가상의 화폐를 통용시켜 실체도 없는 부가 세상 모든 곳을 옮겨다니며 누군가를 부유하게도 하고 가난하게도 만들며 너희 스스로를 억압하고 착취하는 어리석고 불쌍한 모습이다. 동정심까지 느낄 정도다. 도대체 자신이 다 쓸 수도 없는 재물을 숫자로만 은행에 쌓아놓고 그것을 유지하려고 시간을 낭비하는 인간들은 분명히 어리석은 존재들이다. 그것 말고도 세상을 지탱하고 있는 많은 것들이 이제는 너희를 파멸시킬 것이다."

모닥불은 사그라져가고 등뒤의 야자나무 숲은 어둠에 감싸여 무더기가 되어간다. 초승달은 높게 떠 있고 별들도 초롱초롱하다. 바다에 비치는 달빛과 별빛의 흔들림 때문인지 저 건너편 섬들은 희미하게 잠들어간다.

©김도헌

섬사람의 일_

살풍경한 방 안의 모습이 눈에 들어온다. 빈 맥주 캔들, 꽁초가 수북한 재떨이, 아무렇게나 널린 옷가지들이 보인다. 전날 입었던 면티셔츠를 다시 꿰어 입고 일어나 작고 오래된 냉장고에서 생수를 꺼내 마신다. 먼지가 쌓여 무거워진 푸른색 꽃무늬 커튼을 젖히니 철망 사이로 액자 같은 바다가 보인다. 잘게 부서진 햇빛 조각들이 내 눈을 아프게 찌른다. 정신이 조금 든다. 아주 좁고 지저분한 욕실로 들어가 대충 샤워를 하고 방을 나선다.

마당 건너편 루이사 집은 부산하다. 초등학교 4학년인 맏이 제이댄, 3학년 제이알, 1학년인 셋째 티번, 올해 입학 예정인 막내 샤핀까지 씻기고 아침을 챙겨 먹이느라 분주한 루이사의 목소리가 좁은 마당을 건너 내게까지 들린다. 루이사는 내가 세를 얻어 사는 집의 안주인이다. 사방이 넓은 창으로 되어 있고 손가락이 들어갈 정도의 구멍이 뚫린 철망으로 막아놓은 터라 아침에 커튼만 걷으면 루이사와 얼굴을 마주하고 인사를 건넬 수 있다.

"네소간님▼! 루이사, 일 때문에 웨노 섬에 다녀올 건데 필요한 것 있으면 얘기해. 간 김에 사다줄게."

▶ 아침 인사

수직으로 내리꽂히는 뜨거운 햇살 아래 뒷목덜미와 팔뚝이 익어갈 즈음 우리는 목적지인 부둣가에 도착했다. 함께 배를 타고 들어온 포노 섬의 주민들은 진심으로 고맙다는 인사를 남기고 각자 목적지로 떠났다.

"안쏘, 내가 일을 마치려면 서너 시간 걸리니 그동안 여기서 놀고 있어. 나는 이 사장하고 정부 예산처에 다녀올게."

나는 주머니에서 10달러를 꺼내 안쏘에게 건넨다.

"이거 가지고 점심하고 음료수 사 먹어. 멀리 가지 말고."

천진난만한 표정으로 안쏘가 나에게 손을 흔든다. 부둣가에서 멀지 않은 곳에 조립식 건축 사업을 하는 이 사장의 사무실이 있다. 이 사장은 전남 신안 출신으로 올해 마흔다섯인데, 공고를 졸업하고 일찍부터 사회에 뛰어들어 전기 계통의 각종 일을 이십 년 동안 열심히 해오다 친구의 권유로 이곳에 오게 됐다. 친구가 자본금을 대고 이 사장은 현장을 책임지는 조건으로 하던 일을 정리하고 따라왔다. 처음에는 곧잘 사업이 돼가는 것 같았으나 친구는 이런 열악한 환경을 견디기에는 심성도 약하고 사업을 성공시켜야 한다는 의지도 빈약해 이곳을 떠났다.

삭년까지는 나도 이곳 웨노 섬에 살고 있어서 이 사장과 자주 만나 밥도 먹고 신세한탄도 하며 지냈지만 일이 잘 안 풀리고 건강도 나빠져 머리도 식힐 겸 베네딕에게 부탁하여 포노 섬으로 숙소를 옮기게 되었다. 그때 타고 다니던 낡은 중고차를 이 사장 사무실에 맡겨놓고 일이 있을 때면 차도 찾을 겸 들러 밥도 얻어먹곤 한다.

부둣가와 주유소, 큰 가게 서너 개가 있는 웨노 섬 중심가의 오전은 활기차다. 각 섬에서 출퇴근하는 직장인과 통학하는 학생들, 그리고 변변한 가게가 없어 생필품을 구입하러 오는 다른 섬 주민들 덕이다. 남자들은 열대지방의 일반적인 복장인 반팔 티와 반바지를 입은 반면, 여자들은 형형색색 꽃무늬 옷감으로 만든 원피스 타입의 화려한 전통 복장 '모무'를 입고 다닌다. 이곳 사람들은 자세도 당당한데다 걸음은 도도하기까지 하다. 특히 여자들은 애나 어른이나 할 것 없이 얼굴을 들고 정면을 응시한 채 걷는다. 웨노 섬 거리는 마치 붉디붉은 태양 아래 원색의 꽃들이 가득 떠다니는 것 같다. 그 꽃들이 흐르는 거리를 나는 걷는다. 면티셔츠 속으로 땀을 줄줄 흘리며 십오 분쯤 걸어 이 사장 사무실에 도착한다. 열린 대문으로 들어서 사무실과 숙소로 사용하는 건물의 현관문을 열자, 간장 냄새 뒤섞인 음식 냄새와 에어컨을 충분히 가동시키지 않아 습기가 찼는지 곰팡이 냄새까지 난다. 가져온 담배 한 보루를 탁자 위에 내려놓는다.

"이야, 오랜만에 한국 담배 좀 피워보자."

이 사장은 담뱃갑을 뜯어 한 개비를 피워 물며 내게도 한 대 권한다. 나도 불을 붙인다. 담배 연기가 좁은 사무실 안을 맴돌다 활짝 열린 창문으로 빠져나간다.

"일은 잘되세요? 외상값은 좀 받았나요?"

"받긴 뭘 받아. 맨날 다음달 다음달 하며 미루는 거지. 지겨운 놈들."

목소리에는 분노보다는 자조적인 체념이 짙게 배어 있다.

"김 형도 오늘 주지사 만나러 사무실에 갈 거지? 같이 가자고. 소용없는 줄은 알지만 우는 놈 떡 하나 더 준다고, 혹시 알아? 할 일도 없는데. 지금 갈 거지?"

"예. 이번에는 다른 확인할 것도 있고, 또 올해 가기 전에는 확실히 정리도 하려고요."

"그래, 오전 중에 가보자고. 점심시간 지나면 사무실에 근무하는 놈들 다 도망가고 한 놈도 없을 테니. 루시엔! 나 김 형이랑 주지사 사무실에 갔다올 테니 점심 좀 준비해놔."

다용도실에서 대걸레를 빨고 있는 여직원에게 점심을 부탁해놓고 이 사장과 나는 낡은 일제 중고차에 올라타고 주지사 사무실로 간다.

이 나라의 평범한 여자, 루시엔_

루시엔이 준비해둔 점심은 간장과 라임에 절인 생참치와, 파파야를 식초와 고춧가루에 버무려 김치맛을 낸 반찬이었다. 파파야는 충분히 익으면 홍시맛이 나고 덜 익으면 무나 떫은감맛이 난다. 삼 년 전부터 이 사장 사무실에서 일하고 있는 루시엔은 환초 밖 폰페이 쪽으로 배를 타고 한 스무 시간쯤 가야 하는 오지에서 태어났다. 그 섬 남자와 결혼하여 아들 둘을 두었는데 남편이 자기 사촌과 눈이 맞아 하와이로 도망가는 바람에 아이들을 데리고 친척집으로 옮겨와 살고 있다. 여기 여인들이 대부분 그렇듯 체격이 건장하고, 얼굴은 귀엽고 눈은 크고 깊다. 말수도 적고 부지런하고 순수한 여자지만 자존심에 상처를 입으면 사납게 변하는 평범한 이 나라의 여자다.

가끔 루시엔을 보는 이 사장의 눈빛이 흔들리는 걸 나는 알고 있다. 루시엔이 달고 진한 커피 두 잔을 탁자에 올려놓는다.

"기리쏘 쟈브▼, 루시엔."

루시엔은 눈으로만 웃어주고 다시 부엌으로 간다.

▶ 감사의 인사

혼자 남았고 모래사장은 뜨겁다_

퇴근시간 전에 배를 타고 항구를 빠져나왔다. 아침에 같이 나왔던 동네 사람들은 각자 일을 보다가 나중에 다른 배들을 얻어 타고 돌아올 테고 몇 명은 이 섬에 며칠 더 머무를 예정이라 돌아가는 배에는 나와 안쏘뿐이었다. 바다는 아침에 포노 섬에서 출발했을 때의 바다 그대로이다. 시간이 멈추어 있는 바다. 뜨거운 태양을 제외하곤 바다와 하늘이 구별되지 않는 푸른 공간. 달리는 배에서 물속을 들여다보니 산호초 군락과 흰 모랫바닥이 짙은 청색과 밝은 비취색으로 번갈아 뒤섞여 배 뒷전으로 멀어져간다. 한참을 들여다보고 있으니 멀미가 나는 것 같아 멀리 수평선을 바라본다.

배에서 내려 집으로 바로 향하지 않고 야자나무와 황량한 판잣집으로 이어진 동네 해변의 모랫길을 따라 걷는다. 정갈한 산호사가 강렬한 햇빛 아래 하얗게 빛나고 있다. 동네 사람들은 잘 찾지 않는 섬 뒤편의 야자나무 그늘 아래 앉아 눈부신 하늘과 바다를 하염없이 바라본다. 하늘과 바다의 구별이 모호한 것처럼 지난 기억과 오늘의 현실이 혼재돼 시간의 흐름이 모호하다. 네가 죽고 삼 년이라는 시간이 흘렀다는 것도 모호하다. 사고가 나던 날의 충격들이 뒤섞여 아직도 떠나지 않았으므로 지금 내 옆에 네가 머물러 있는 것 같다. 네가 떠난 후 이 섬에서 보낸 삼 년은 온전한 나만의 시간이 아니었다. 어디를 가고 누구를 만나든, 사람들은 언제나 너에 대해 먼저 얘기하고 너와의 추억들을 끄집어내면서 너를 비추어 나를 이야기했다.

서진은 정말 친절한 사람이었어. 아주 위트 있는 남자였어. 서진은 우리와 아주 잘 어울렸어. 유능한 비즈니스맨이었어. 서진은 잘생긴 남자였어. 누구보다도 우리를 잘 이해해주는 친구였어.

그래, 너의 그림자는 네가 떠난 후에도 나를 보호해주어서 내가 어려운 부탁을 할 때도 그들은 흔쾌히 들어주었지. 겨우 기운을 차려 네가 벌여놓은 무역회사의 일들을 정리하면서 너의 자취를 곳곳에서 보았지. 지출 내역서 중 내가 이해할 수 없는 항목들엔 여지없이 업무일지에 꼼꼼히 전후 사정이 적혀 있었고, 미수금 항목에는 납품 내역과 정부 예산 심의 번호와 심의 결재 번호까지 꼼꼼히 적혀 있었지. 정부 관계자들을 접대하며 지출한 항목에는 참석한 모든 사람들의 이름은 물론, 꼭 접대를 해야 했던 사람들과 괜히 따라나와 밥값만 축내고 돌아간 사람들을 유머 있게 구분해놓기도 했지.

왜 그렇게까지 최선을 다해야만 했을까? 전기요금이 아

까워 에어컨도 켜지 않고 창문을 활짝 열어놓고는 모기에 시달리며 서류를 정리하던 많은 밤들이 너에게 무슨 의미였을까?

'브라더스'라고 부르던 너의 베스트 프렌드들이 네가 사고로 죽은 후에 너를 어떻게 대했는지 너는 아니? 아무리 인간이 자신의 이익 앞에 몰염치해질 수 있다고 해도, 너의 장례식중에 내게 와서 우리가 납품한 의약품들이 유통기간이 지났다는 둥, 원래 납품하기로 한 제품이 아니라 싼 제품을 납품해 대금 결제가 어렵겠다는 둥, 그렇게 거품을 물고 떠들어댈 때, 나는 네가 미웠다. 그런 인간들을 만나 '형제'라 부르며 든든해했던 네가 아주 미웠던 거다.

열심히 일만 하면 내 식구 안 굶기고 내 자식 교육시킬 수 있을 거라 믿고 있다가 졸지에 공원 벤치에 나앉아 죽음을 생각해야 했던 그때 그 나라. 어렸을 때 부모님과 학교 선생님들로부터 세상에 보탬이 돼라, 정직하게 살면 나중에 다 잘된다, 서로 돕고 타인을 배려해라…… 그렇게 살아야 한다고 배웠건만. 머릿속에, 가슴에, 거칠고 깊게 새겨놓은 교훈대로 살려고 노력했고 그래서 잘사는 사회 잘사는 나라를 이루어가고 있다고 생각했는데. 한순간 내가 믿고 살았던 근본들이 어이없이 흔들리고 무너져, 모든 게 바뀌어버리고 말았다. 지금까지 해왔던 모든 것이 잘못되었고, 일정 부분 나에게도 책임이 있다고 다그치는 그 사회가 역겨워 아무도 모르는 미크로네시아라는 이 열대나라까지 왔다.

밥값도 전기요금도 아끼며 삼십대를 깡그리 이 섬나라에 묻었는데, 너 없이 나는 이렇게 혼자 있다. 지금 너는 어디 있을까. 나는 왜 태양이 뜨겁게 달군 이 바닷가 모래사장에 정처 없이 앉아 있는 걸까. 온몸에서 더운 물기가 참을 수 없이 흘러나온다.

새로운 파트너_

오후가 되도록 지저분한 침대 위에서 뒹굴다가 세수도 하지 않고 집을 나섰다. 한낮의 열기가 곳곳에 남아 동네 풍경은 나른하다. 못생긴 개들은 그늘에서 그늘로 굼뜨게 움직이고 동네 청년들은 바람 좋은 곳에 걸어둔 해먹에 누워 자고 있다. 이 섬은 일본 군정 시절에 주둔하던 일본 병사들의 휴양지로 사용되었었다. 섬의 크기도 적당하고 지리적으로도 환초 내 중심에 위치해 일본군들은 해안가에 백사장을 확장하고 여러 건물들을 보기 좋게 배치했다. 지금도 마을의 길과 건물들이 정돈돼 있고 동네 한가운데엔 넓은 백사장이 펼쳐져 있다. 베네딕의 집터는 동네에서 조금 벗어난 외각에 숲으로 둘러싸여 있다. 비탈진 지대에 나무들을 베고 지대가 낮은 쪽에 돌로 축대를 쌓아 집을 지어놓았기 때문에 비탈길을 올라서야 대문으로 들어설 수 있다. 집 안으로 들어서자 마당 한쪽에서 열심히 빵나무를 손질하던 안쏘가 먼저 반긴다.

"킴. 어서 와."

"안쏘, 빵나무 열매를 다듬고 있구나. 저녁 요리하는 거야?"

"응. 너도 와서 도와줄래?"

"그럼, 내가 빵나무를 얼마나 잘 찧는데."

나의 말에 안쏘가 재미있다는 듯이 웃는다. 빵나무는 포플러나무처럼 생겼지만 그보다 가지가 훨씬 무성하고 잎도 크다. 작은 수박만한 열매는 푸르고 울퉁불퉁해 언뜻 두리안을 닮았지만 맛은 감자와 고구마의 중간쯤 된다. 사람 손이 가지 않아도 스스로 일 년에 두 번 열리는데다 큰 나무에는 열매가 300개 정도 달려, 가히 신의 선물이라 할 만하다. 먼저 커다란 들통에 빵나무 열매를 가득 넣고 장작불로 두세 시간 쪄낸 다음 커다란 나무판에 올려놓고 한 손에 들어오게 가공한 산호석 돌공이로 한참을 찧는다. 여기 말로 '콘'이라고 하는 빵나무 음식은 얼마나 차지게 찧었는지에 따라 맛이 달라지기에 중노동을 해야 한다. 그래서인지 이곳 남자들은 대부분 상체가 잘 발달되어 있다. 동네 청년들이 음식을 할 때 나도 재미삼아 거든 적이 있는데 삼십 분도 못하고 도망 나오고 말았다. 그뒤로 나는 동네 청년들의 단골 놀림감이 되었다.

"베네딕, 사실은 부탁할 게 있어."

면도를 하려는지 베네딕이 손거울을 들고 밖으로 나오는 중이었다.

"뭔데. 말해봐."

"여기서 할 수 있는 일을 여러 가지 생각해봤는데 바다에서 나오는 것으로 돈을 벌어야지, 현지인이 하는 가게나 식당 같은 업종은 괜히 주위 사람들하고 마찰만 생기고 돈 벌기도 어려운 거 같아서 말이야. 관상어 수출을 생각하고 있어. 관상어야 여기 바다에 널려 있잖아. 고기 잡는 것은 동네 남자들이 알아서 잘 잡아올 테고. 그런데 이 나라 자원으로 사업을 하는 것인데 내가 나서서 하면 시선이 곱지만은 않을 거야. 현지인 파트너가 필요할 듯한데 너만 좋다면 같이해보자."

베네딕이 무표정한 얼굴로 대답한다.

"킴, 좋은 생각이다. 이 사업이 잘되면 섬 주민들에게도 많은 보탬이 되겠는데. 그런데 전문적인 지식과 장비를 갖춰야 할 텐데 어떻게 할 생각이야?"

"실은 관상어 사업을 오래전부터 생각해왔는데 장비와 시설은 갖추면 되지만 기술적인 문제 때문에 엄두를 못 냈지. 그런데 생각해보니 꼭 내가 기술적인 부분을 다 알아야 할 필요가 없더라고. 다른 사람에게 도움을 받으면 되지."

"누구한테? 생각해둔 사람이 있는 것 같은데?"

"응, 너도 알지? 웨노 섬 사북에 한국 사람들이 운영하는 연구센터. 생긴 지 꽤 됐지."

"거기서 도와줄까?"

"잘은 모르지만 요즘은 모든 연구 프로젝트가 산업적인 결과물을 내놓는 쪽이니까 아마도 가능할 것 같아. 센터를 책임지고 있는 박 박사님과 전에 몇 번 만난 적이 있어. 그래서 이번에 주지사하고 일을 마무리지으면 한번 찾아뵙고 상의해보려고. 일단 네 생각을 알고 싶어. 며칠 생각해보고 알려줘. 나는 너하고 같이했으면 진짜 좋겠어."

"오래 생각할 것도 없다. 당연히 하지. 내가 뭘 해야 하는지만 알려줘. 난 내일부터라도 시작할 수 있어."

"아니, 그렇게 서두를 것은 아니고. 시작을 한다면 다음달부터 준비하려고. 먼저 라이선스도 알아봐야 하고 한국에 거래처도 알아봐야 하고, 여러 가지 알아봐야 할 것들이 있으니까."

"킴, 생각 잘했다. 너도 이제는 서진의 죽음에 대한 죄책감을 버리고 너 자신만 생각해. 벌써 삼 년이 지났다. 이제 네가 기운을 좀 차리는 것 같아 다행이다. 하여간 축하한다."

마당 뒤편에서 안쏘가 빵나무 열매를 삶으려고 장작불을 지핀다. 덜 마른 나무가 타며 흰 연기가 어둑한 하늘로 오롯이 피어오른다. 지대가 높은 베네딕의 집 앞마당에서 내려다보이는 바다에 진홍빛 물든 저녁이 찾아온다.

떠난 사람과 남겨진 안부_

미크로네시아에서 경광이 좋기로 이름난 호텔에서 하룻밤 묵었다. 춥고 속은 거북하고 머리가 깨어질 듯 아프다. 겨우 눈을 떠 주위를 둘러보니 커다란 통유리로 환한 아침햇살이 비친다. 에어컨이 조용히 돌아가고 있다. 머리맡엔 반쯤 찬 생수 한 통이 있다. 미지근한 생수를 다 마시고 일어나 에어컨을 껐다. 반쯤 열린 커튼 사이로 잘 정리된 넓은 잔디밭과 야자나무가 보이고, 다이빙 장비를 챙겨 들고 잔디밭을 가로질러가는 다이버들이 보인다.

이 나라에 호텔 수가 워낙 적어 선택의 여지가 별로 없기는 하지만 이 호텔에선 일출과 일몰을 감상할 수 있고, 유명한 침몰선 다이빙 포인트들이 가까운 데 있어 다이버들에게 평생에 한 번은 꼭 머물러보고 싶은 곳이다.

늦은 아침이라 대부분의 투숙객들은 벌써 식사를 마치고 호텔 선착장 쪽에서 다이빙 준비를 하느라 분주하다. 식당의 한쪽 테이블에선 일본인 노부부가 늦은 아침식사를 하고 있다. 아마도 부부 중 한 사람은 2차세계대전에 참전한 일본군의 자손이리라. 관광객 중 대부분은 다이버이지만 이런 일본인도 꽤 많다. 그들은 이곳에서 청춘을 보낸 조부모로부터

이 섬에 주둔하며 겪었던 일화들을 듣고 자랐을 것이다. 그래서 조부모님이 돌아가신 후 그들을 기리는 의미로 이 나라를 방문하는 경우가 많다. 일본 군정 시절에 본섬으로 사용한 토노와스 섬을 비롯해 웨노 본섬, 그리고 다른 여러 섬들에 잔재하고 있는 시설물들을 둘러보며 조부모를 그리워하는 듯하다.

“네소간님, 킴. 식사는 뭘로 할 거야?”

종업원의 이름을 기억하지 못해 호칭을 생략한 채 인사만 건넨다.

“네소간님, 우유 한 잔하고 야채 샌드위치 갖다줘.”

속이 쓰려 우선 샌드위치를 먹고 커피를 시켜야 할 것 같다. 종업원이 우유와 샌드위치를 테이블에 놓으며 말을 건넨다.

“킴, 어제저녁엔 내가 비번이라 자리에 없었지만 저녁 근무자들에게 들으니 너하고 주지사 그리고 예산처 국장하고 술을 많이 마셨다고 하던걸. 그리고 그들이 가고 나서도 너는 야외 바에서 문 닫을 때까지 더 마셨다고 하던데, 어제저녁에 좋은 일이 있었나봐. 사업이 잘되는 거야?”

남의 속도 모르고 수다를 떠는 종업원이 귀찮아 간단히 대답하고 샌드위치를 한입 물었다. 편치 않은 속 때문인지 샌드위치는 아무 맛도 없다. 대충 식사를 마치고 커피 한잔을 시켜 마신다. 역시 커피도 쓰다. 벌써 배들이 다이버들을 태우고 떠났는지 선착장은 텅 비어 있다.

어젯밤 주지사와 국장을 만나 식사하며 상투적인 인사말들이 오고갔고, 나는 속마음과는 전혀 다르게 상대방을 존중하며 나의 입장을 설명했다. 그리고 주지사와 국장에게 수표를 꺼내 지불날짜는 공란으로 남긴 채 액수는 10만 달러를 적어 건넸다. 미수금을 전부 해결해주면 반드시 보답하겠다는 말과 함께. 주지사는 수표를 건네받고 꼼꼼히 살폈다. 혹시 스펠링이 틀리진 않았는지 빠진 데는 없는지 확인하더니, 불의의 사고로 세상을 떠난 추크 정부의 진정한 친구, 서진을 그리워한다고 했다. 주지사와 국장은 저녁식사와 술자리 내내 기분좋은 마음으로 내게 친절히 대했다. 한편 나는 항상 나를 조바심 나게 하고 스스로를 밀어부쳤던 일이 마무리되어가니 속이 허전했다. 하지만 지난 삼 년간 나를 지탱하고 있던 목표이자 숙제를 엉터리로 끝마친 기분인 것만은 확실하다. 내 부족한 능력에 대한 자괴감과 서진과 그 가족들을 위해 이까짓 것 하나 제대로 처리 못한 내가 부끄러워진다.

창밖 호텔 선착장에 뜨거운 햇살이 나른하게 덮였다. 늦은 아침식사를 하던 일본인 노부부는 벌써 자리를 떴다. 나도 일어서 나온다.

호텔에서 나와 집에 도착해 싸구려 보드카에 꽁치 통조림을 안주 삼아 밤늦게까지 혼자 마시고 잠이 든다. 연일되는 과음에 속은 쓰리다못해 아프고 머릿속에서는 뜨거운 바늘이 돌아다니며 꼭꼭 찌르는 것 같다.

냉장고에서 물 한 병을 꺼내 다 마셔봐도 죽을 것 같은 기분은 그대로다. 몇 년 전부터 시작된 편두통이 술 마신 다음 날엔 더욱 심해져 눈이 빠질 지경이다. 그저 커튼을 젖혀놓고 다시 침대에 누워 참아볼 뿐이다. 잠들다 깨기를 종일 반복하다가 몸을 추스르고 일어난다. 마당 저편 주인집에서 집 안을 왔다갔다하는 루이사가 보이고 마당에는 닭 몇 마리와 병아리 무리가 종종대며 잔디밭을 쫀다. 나는 내 혼쭐을 다 풀어헤쳐버리고 야자나무 아래 주저앉아 눈을 감는다. 지금 나는 그 어디에도 존재하지 않는다.

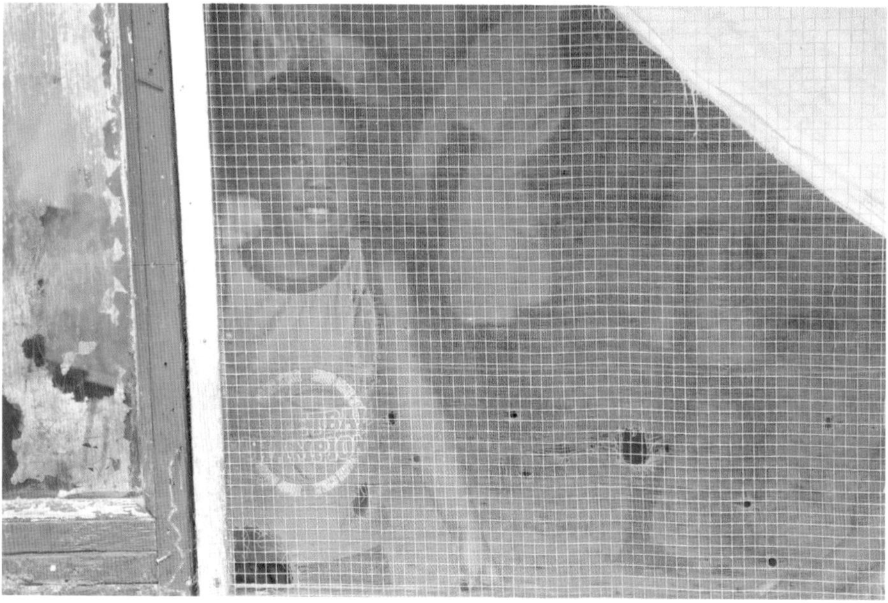

새벽에 눈을 떴다. 요요한 달빛이 커튼을 젖힌 만큼 방 안으로 들어왔다. 그 밝은 빛을 밟지 않으려고 두어 걸음 물러서 침대에 걸터앉았다.

꿈을 꾸었다. 그래, 분명 이것은 꿈이었다. 한창 바쁘게 일을 할 때, 한 달에 600달러씩 월세를 치르던 그 아파트 그 방에서 나는 깊은 잠을 자고 있었다. 누군가가 나를 부르는 나직한 소리에 눈을 떠보니 네가 내 머리맡에 앉아 나를 내려다보고 있었다. 언제나처럼 미소를 짓고 장난기 가득한 눈으로 나를 내려다보고 있었다. 그 순간 나는 놀랐다. 이미 너는 죽어 내가 장례를 치르고 항공사가 요구하는 길고 까다로운 서류와 적지 않은 영문 증빙서류를 갖추어 결국 관을 한국으로 보냈는데, 너는 내 침대맡에 앉아 나를 내려다보고 있었다. 나는 물었다. 너는 죽었는데 어떻게 지금 내 눈앞에 앉아 있는 건지. 너는 대답했다. 죽은 게 아니라 잠시 어디를 다녀왔다고. 그래서 나는 잠이 덜 깬 눈을 비비고 왜 진작 돌아오지 않았냐고 물었다. 그동안 나는 너무 힘들었다고 말했다. 못하는 영어로 각 사무실 실무자와 국장들을 만나서 제품 설명과 가격, 대금 지불 방법들을 설명하느라 너무 힘들었다고. 미수금을 받기 위해 얼마나 많은 설명을 하며 사정했는지, 얼마나 많은 시간 동안 정부 청사 주차장의 엄브렐라 소나무 그늘 아래서 줄담배를 피워가며 국장이 부르기만 기다렸는지 아느냐고. 너는 미안하다고 했다. 그래도 일을 잘했다고 너는 나를 위로했다. 그리고 너는 다시 가보아야 한다고 했다. 이번에는 꽤 오래 걸릴 터이니 기다리지 말고 잘 지내라고 했다.

나는 싫다고 했다. 나 혼자서는 너무 힘들어 이곳에 있기 싫다고 했다.

네가 떠난 후 창고에 정리해두었던 남은 물건들을 지키기 위해 신경 곤두세웠던 많은 밤이, 전기가 끊어지고 비바람 불던 밤이, 선잠에서 깨어 노트북에 남아 있던 배터리로 불을 밝혀야 했던 밤이, 거센 빗줄기가 양철지붕과 먼산의 야자나무와 빵나무의 잎을 비명처럼 두드리던 밤이, 사람의 인기척이 귀신보다도 무섭고 혼란스러웠던 밤들이 나는 견디기 너무 힘들었다고 하소연했다.

너는 내게, 미안하고 또 미안하지만 나는 남아 있어주면 좋겠다고 했다. 네 안경에 비친 내 얼굴을 보며 네가 그렇게 얘기한다면 나는 남겠다고 힘겹게 대답했다. 그러자 너는 웃는 얼굴로 일어나 잘 있으라는 인사를 하고 방을 나섰다.

꿈에서 깨어나 여기저기 얼룩진 초록색 장판 위에 내려앉은 환한 달빛을 내려다보며 깊은 한숨을 내쉬었다.

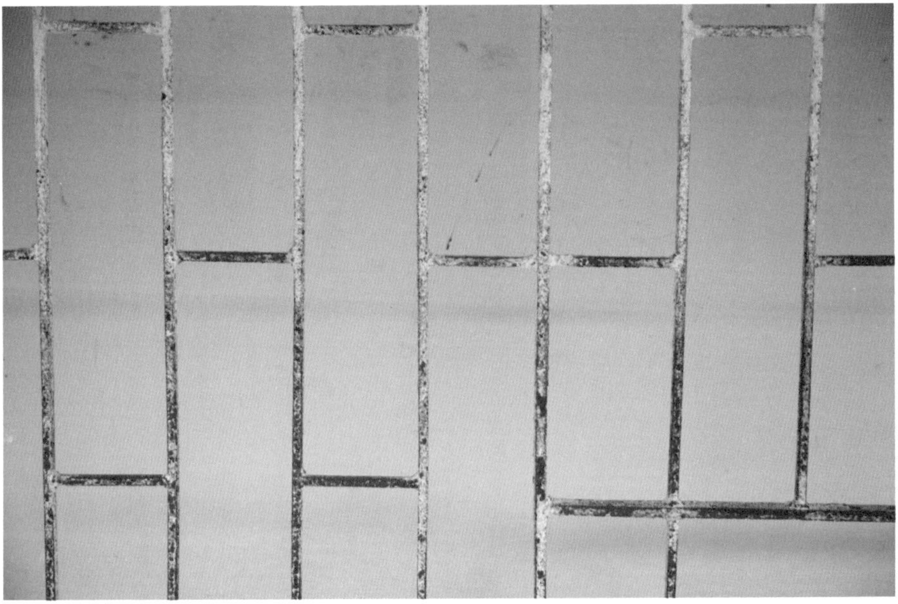

"킴, 오래간만이네. 무슨 일 때문에 베네딕하고 같이 왔어?"

"실은 이번에 다른 일을 해보려고 하는데 어떻게 해야 되는지 알아보려고 왔어."

"무슨 일?"

"관상어를 수출하는 일을 해보려고 해. 그래서 사업자 등록은 어떻게 하는지, 또 어떤 절차가 필요한지 알고 싶어."

"잠시만, 확인 좀 하고."

국장 카스터는 외국인 투자자 파일을 찾아와 책상에 펼쳐 놓고 확인한다.

"그런데 관상어 사업은 나 혼자 할 게 아니라 베네딕하고 동업 형식으로 하려고 해. 그러려면 어떻게 해야 하는지 알려줘."

카스터는 조금 놀란 듯 나와 베네딕을 바라보고 할말을 잃은 표정이다.

"킴, 너하고 베네딕이 동업을 한다고?"

말은 나에게 하면서 시선은 베네딕을 향하고 있다. 베네딕은 무표정한 얼굴로 앉아 있을 뿐이다.

나와 베네딕은 인사를 하고 사무실을 나왔다.

"베네딕, 왜 너하고 사업을 같이한다니까 카스터 표정이 별로 안 좋지?"

"난 잘 모르겠는데."

우린 이 사장과 루시엔과 식사를 함께하기로 했다. 이 사장과 루시엔이 정성 들여 식사를 준비해주었다. 참치구이와 양념간장, 현지식 참치회, 고춧가루와 파와 마늘을 넣어 버무린 단무지 무침, 그리고 미역국과 따뜻한 밥이 마치 오랜만에 집밥을 떠올리게 했다.

"와! 이 사장님. 맛있겠는데요. 무슨 날인데 이렇게 정성스럽게 음식을 하셨어요?"

"실은 내 생일이야. 나도 어제저녁에 루시엔이 퇴근하면서 파티 안 하냐고 물어봐서 알았어. 미역국이나 끓여서 참치회하고 보드카나 한잔할까 생각중이었는데 마침 김 형이 베네딕하고 온다고 해서 겸사겸사 급하게 준비했어. 재료야 아침에 루시엔이 장을 다 봐놓았으니까 금방 준비했지. 배고플텐데 얼른 먹자고."

나는 주방에서 이런저런 것들을 치우고 있는 루시엔에게 고맙다는 인사를 건네고 같이 앉아 점심을 먹자고 권했다. 옆에서 이 사장도 같이 먹자고 권한다. 아마 본인도 잊어버린 생일을 챙겨주는 루시엔의 세심함이 가뜩이나 외롭고 힘든 노총각 처지에 작은 위안이 됐으리라. 이 사장의 눈빛이 부드럽다. 그러나 주방에서 뒷정리를 하고 있는 루시엔은 이쪽은 쳐다보지도 않은 채 잘 들리지도 않는 소리로 자기는 신경쓰지 말고 어서 먹으라고 한다. 머쓱해진 나와 이 사장은 맛있게 차려진 점심을 먹기 시작했다. 베네딕도 조금 늦은 점심이라 허기졌는지 참치구이와 참치회를 맛있게 먹는다. 식사를 마치자 루시엔이 커피를 타다준다. 커피잔을 탁자 위에 내려놓으면서도 시선을 아래로 하고는 누구도 쳐다보지 않은 채 주방으로 돌아간다.

"이 사장님. 루시엔이 부끄러워하는 건가요? 평소와는 많이 다른데요."

"그러게. 김 형이 오고부터 조금 이상한데. 원체 표정이 없어서 웬만한 일에는 눈도 깜박하지 않는데 오늘은 의식하는 것도 같고 이상하네."

"혹시 이 사장님을 맘에 두고 있어서 그런 건 아닐까요?"

"글쎄, 저 친구가 나한테 마음이 있는 건 진작 알았는데 내가 아직 맘을 못 정해서 그러지. 루시엔도 잘 알고 있을 거야. 가끔 둘이 있을 때 대충 돌려서 내 맘을 얘기했으니까. 아직 내가 여기서 뿌리를 내리고 살아야 할지 결정을 못해서 그렇지 결정만 하면 루시엔만한 여자도 드물다는 생각, 나도 하고 있어. 속깊고 다른 사람 편하게 해주고 외모도 괜찮고. 나는 요즘 한국 여자들 별로 마음에 안 들어. 비쩍 말라서 자기 외모 꾸미기에만 바쁘고, 남자만 달달 볶는 요즘 한국 여자들보다는 루시엔이 훨씬 좋지."

"처음 추크에 왔을 때 여기 여자들을 보면서 어떻게 저렇게 살이 쪘을까 싶고, 또 감정 표현이 너무 직설적이고 다혈질이라 부담스러웠는데, 이제는 여기 여자들이 건강해 보이고 내숭 떨지 않고 자기감정에 충실한 게 편합니다. 오히려 한국 여자들을 만나면 어떻게 얘기를 해야 할지도 모르겠고, 또 어렵게 얘기를 시작하더라도 의견을 잘 드러내지 않아서 오히려 불편할 때가 많습니다. 저도 여기 여자랑 결혼할 팔자인가봐요."

"그래. 사실 김 형이야말로 여기 여자랑 결혼할 스타일이지. 굳이 한국 여자 만나서 결혼할 이유도 없잖아. 또 여기서 관상어 사업 같은 걸 한다 해도 현지인이랑 결혼하는 게 훨씬 편하고. 말 나온 김에 결혼해라. 정 없으면 내가 주위에서 알아봐줄게."

"아직은 아무 생각 없습니다. 생활이 안정되면 그때 생각해볼게요. 여자도 그때 부탁드릴 테니까 모른 척이나 마세요. 그리고 아까는 바빠서 말씀을 못 드렸는데 이번 관상어 사업을 베네딕과 동업하려고 합니다."

이 사장은 조금 놀라는 눈치더니 베네딕 얼굴을 한번 쳐다보고는 조심스럽게 말한다.

"나는 이 친구 얼굴만 알지, 같이 일해본 적은 없어서."

"이 섬에서 믿을 수 있는 몇 명 안 되는 사람 중에 하나죠. 처음에는 카스터를 파트너로 생각했었는데 카스터는 일도 바쁘고 제가 속을 터놓고 얘기하기에는 사람이 너무 고지식해서 여러 가지 생각 끝에 베네딕으로 결정했습니다."

나와 베네딕이 이 사장의 사무실을 나올 때까지도 루시엔은 주방 쪽에서 일만 하며 얼굴을 내밀지 않는다. 나는 루시엔의 등에 대고 고맙다는 말을 했다. 한마디도 안 하고 옆에 있던 베네딕도 루시엔에게 고맙다는 인사를 건넸다. 루시엔은 화들짝 놀라며 고개를 숙이고는 괜찮다고 한다. 루시엔이 왜 저렇게 당황하는지 알 수 없다.

우리는 선착장으로 향한다. 사람들이 섬으로 돌아가기에는 이른, 오후 세시쯤의 선착장에는 빈 배들만이 즐비하게 묶여 있고 거리는 한산하다. 어디선가 쏜살같이 나타난 안쏘가 우리 곁에 섰다.

어제는 하루종일 방을 청소했다. 구석구석에 처박아놓은 땀내 나는 옷들을 한데 모아 바구니에 담아 내놓고 침대시트와 커버를 벗겨 빨았다. 썩은 음식들이 빼곡히 쌓여 있는 작은 냉장고를 정리하고 닦아냈다. 풀풀 먼지 나는 커튼은 집주인에게 빌려온 것으로 바꾸어 달고 얼룩진 초록색 장판을 쓸고 닦았다. 책상 위에 굴러다니던 무역회사와 관계된 서류들을 모두 챙겨 가방에 담았다. 방 안이 훨씬 밝아졌다. 늦은 점심으로 라면 하나를 끓여먹고 한숨 자고 일어나니 한밤중이었다.

다음날 아침 일찍 일어나 루이사에게 빨래를 한바구니 가득 부탁하고 달고 진한 커피에 과자 몇 조각을 집어먹은 뒤 안쏘와 마을 주민 몇 명과 함께 웨노 섬으로 왔다. 시계를 보니 어느덧 식사 시간이 다 돼서 카스터에게 점심이나 같이 하자고 했다. 우리는 시내에서 가까운 호텔 '트럭스톱' 레스토랑으로 갔다. 이곳의 주인은 현지인과 결혼한 미국 사람이라 호텔 운영이 미국식에 가깝다. 다이빙 숍의 책임자도 호주인이나 캐나다인을 고용하는 편인데다 운영 시스템이 정확하다. 음식은 싸구려 스타일이라 내 입맛에는 별로이지만 시내에 위치하고 있어 업무상의 식사는 주로 이 호텔 식당에서 한다.

카스터는 담배를 많이 피우는 나를 위해 야외 테이블에 앉는다. 식당 손님은 대부분이 다이빙을 하러 온 투숙객들이다. 오전에 갔던 다이빙 포인트에 대해 서로가 찍은 사진들을 비교하며 유쾌하게 얘기하고 있는 모습이 보기 좋다. 나와 카스터는 점심을 먹으며 편안하게 사업에 관한 얘기들을 주고받는다. 카스터는 현지인으로는 드물게 폴리네시아계 사람이다. 그는 180이 훌쩍 넘는 키에 균형 잡힌 체격, 유쾌한 성격에 가정교육까지 잘 받은 전형적인 상류층의 중년 남자다. 서진이 생전에 사업을 하면서 도움도 많이 받고 자주 어울렸던 사이라 덤으로 나 역시도 가끔 식사도 같이하고 술도 어울려 마셨다. 서진이 죽고 난 후에도 장례절차나 정부에 제출할 서류들에 대해 많은 도움을 받아 내가 많이 의지했다. 이제는 내 영어도 조금은 늘어 정부 관리들과 미팅을 할 수 있을 정도는 되었지만 서진의 사고 당시만 하더라도 나는 회사의 내부적인 일들을 전담하느라 대외 업무에 대해서는 아는 것도 없고 영어 실력도 형편없어 사후 처리에 어려움을 겪었었다. 지금도 업무상 어려운 일이 생기면 그에게 먼저 찾아가 조언을 구하고 도움을 받는다. 특히나 현지인들의 전통 풍습이나 옛날이야기들을 잘 알고 있어 흥미로운 얘기도 종종 듣는다.

"카스터, 내가 베네딕과 동업을 한다니까 왜 표정이 안 좋았어?"

"아냐. 그런 뜻이 아니라 너무 의외라 놀라서 그런 거야."

카스터는 잠시 생각을 하는 눈치더니 나에게 묻는다.

"킴, 베네딕에 대해 뭐 들은 말 없어?"

"무슨 얘기? 나중에 추장이 될 거라는 얘기? 그는 최고의 항해사이고 낚시도 굉장히 잘하지. 난 그 정도만 알고 있는데, 또다른 게 있나?"

"킴, 너는 베네딕을 어떻게 알게 됐어?"

"어느 섬 추장 취임식에 초대받아 갔을 때 서진이한테 섬에서 신분이 높은 사람이라고 소개를 받았었어. 그리고 한 달쯤 후에 내가 회사에서 매일 일만 하니까 서진이가 바람이나 쐬러 낚시나 갔다 오라고 베네딕을 연결해줘서 무인도에서 하루 야영하면서 술도 한잔하고, 그래서 친해졌지."

"특별한 계기는 없었고?"

"아니. 그냥 그렇게 낚시 다녀오고 그후에도 가끔 베네딕 집안 잔치나 야유회에 초대받아서 갔다가 같이 어울렸어. 그게 다야."

"그런데 어떻게 동업할 생각을 했어? 술 몇 번 먹고 어울린 게 다인데."

“글쎄, 그게 아마 서진이 장례식 치르고 이 주쯤 됐나. 생선 한 마리를 들고 사무실로 찾아와서 전해주더라고. 서진이가 사고 나기 얼마 전에 베네딕한테 다금바리 큰 거 한 마리를 부탁했었는데 그날 낚시를 갔다가 생각나서 가져왔다고 하더라고. 그때 굉장히 고마웠어. 베네딕한테서 진심을 봤다고 할까. 사람들 대부분이 어떻게 하면 나한테서 뭐 좀 뜯어갈까 눈이 벌게져 있을 때였는데.”

카스터는 또 생각에 잠기는 눈치다.

“킴, 너는 이 섬의 옛날이야기나 전설 같은 거 아니?”

“잘 모르는데 왜? 베네딕 얘기를 하는데 옛날이야기가 필요해? 이거, 점점 궁금해지는데. 그렇지 않아도 주위 사람들이 베네딕 얘기만 나오면 전부 피하는 것 같던데. 심지어 동네 꼬마들도 베네딕 얘기만 나오면 전부 도망가더라고. 왜 그러는 거야?”

카스터는 내 표정을 외면하고는 이야기를 시작한다.

“옛날에 이 섬에 사람들이 살지 않았을 때는, 오직 귀신들만 살고 있었어. 그런데 동쪽에서 배를 타고 출발한 한 무리의 사람들이 길을 잃고 헤매다 이 근처에서 표류했지. 그때 이 섬에 살던 귀신들이 커다란 바닷새와 상어를 보내 표류한 사람들을 이 섬으로 인도해왔대. 그리고 병들고 지친 자들을 치료하고 보살펴 다시 항해할 수 있도록 도와주었는데 그들은 떠나기를 거부하고 계속 이 섬에서 살 수 있게 해달라고 귀신들에게 간청을 했어. 그래서 귀신들은 사람들을 이 섬에 받아들일 것이냐 말 것이냐를 놓고 상의하다가 결국 의견이 충돌해. 반대하던 귀신들은 이 섬을 떠나 남쪽으로 가버리고 나머지 귀신들은 사람들에게 의술과 항해술 그리고 농작물 관리하는 법을 가르쳐주면서 한동안 사람들과 평화롭게 살았대. 근데 몇천 년이 지난 후 남아 있던 귀신들이 먼저 떠난 귀신들을 걱정해 뒤따라 남쪽으로 가버렸대. 그때 사람들이 그럼 자기들은 앞으로 어떻게 살아야 하냐고 도움을 청하자 그 귀신의 무리 중 하나를 이 섬에 남겨두고 떠났대. 남겨진 귀신을 사람들은 '세상을 보는 자'라고 불렀는데, 그 '세상을 보는 자'는 계속해서 사람들에게 지식을 전파하다가 혼자서는 그 일을 감당하기가 어려워 몇 사람을 선별해 지식을 전수하고, 그 지식을 전수받은 사람들이 다시 각 섬과 마을로 가서 또 지식을 전파했어. 그 사람들을 우리는 '싸론가우'라고 불러. 그리고 그 '싸론가우'들이 홀로 남은 귀신을 '고귀한 핏줄'이라 부르며 숭배했었고 그 '고귀한 핏줄'이 지금까지 이 섬에 내려오고 있단 말이지."

"카스터, 잠깐만. 설마 그 '고귀한 핏줄'이 베네딕이라는 건 아니겠지?"

나는 장난스럽게 웃으며 물었다. 그러나 카스터는 전혀 재미있다는 얼굴이 아니다.

"킴, 물론 나도 허황된 옛날이야기라는 걸 잘 알아. 그리고 이곳 사람들도 그저 전설일 뿐이라는 것을 잘 알아. 그런데 아무리 허황된 얘기라도 어렸을 때부터 듣고 자라고 또 그 얘기가 이미 이 섬의 전통이 돼버리면 믿고 안 믿고의 문제가 아니라 그냥 우리의 생활 속에 한 부분이 되는 거지. 그래서 이 섬사람들이 베네딕을 보면서 느끼는 것들은 베네딕 개인에게 느끼는 감정이 아니라 '고귀한 핏줄'이라는 이 섬의 전통에 대한 존경과 경외심이라고 할 수 있지."

"카스터, 그런데 베네딕이 그 '고귀한 핏줄'이라는 것을 어떻게 알아? 무슨 표식이라도 있어? 아니면 진짜로 '고귀한 핏줄'이라는 집안이라도 있는 거야?"

나는 재미있어 재차 짓궂은 질문을 던진다. 카스터는 계속 곤혹스러운 얼굴이다.

"킴, 사실 나도 잘 몰라. 그냥 어렸을 때 어른들한테 들은 얘기가 전부고 나이들어서는 어느 자리에서도 이런 얘기를 안 한다는 것밖엔."

"그럼 어른들은 그가 '고귀한 핏줄'이라는 걸 어떻게 알고 있는 건데? 누군가는 얘기를 하니까 이곳 사람들 전부가 아는 거 아냐. 신문에 나오는 얘기는 아닐 테고."

카스터는 곤혹스러운 얼굴로 대답한다.

"내가 괜히 얘기를 꺼냈나보다. 뭐 일단 시작한 얘기니 끝은 맺어야지. '싸론가우'들이야. 그들도 지금은 사라졌다고 하지만 사실은 모습을 드러내지 않고 일반 사람들 사이에서 생활하며 자기들끼리만 서로 소통하고 계승해나간대. 그런데 새로운 '고귀한 핏줄'이 태어나면 그 '싸론가우'들이 소문을 내 사람들에게 알린대. 누구도 직접적으로 얘기를 들은 사람은 없고 그냥 소문에서 소문으로 퍼져나가지. 그렇게 전해지기를 벌써 몇백 년이 넘었지. 언제부터인지 아무도 모르고 그냥 옛날부터 그렇게 전해지고 사람들은 믿어왔기에 지금도 그냥 그러려니 하고 받아들이는 거다. 이게 내가 알고 있는 얘기의 전부다. 혹시 더 궁금하면 추크에 관한 책을 찾아보든지, 동네 노인들한테 물어봐. 나한테는 더이상 묻지 말고."

"카스터, 네 말은 알아들었는데 한 가지만 묻자. 너도 베네딕이 '고귀한 핏줄'이라는 것을 믿어?"

짓궂은 질문으로 이 점잖은 신사를 놀려먹는 재미가 쏠쏠하다. 역시 카스터는 또 곤혹스러운 표정이다.

"믿고 안 믿고가 아니라 이곳 사람들 어느 누구라도 베네딕과 편안하게 얘기할 수 있는 사람은 없어. 너처럼 외지인이 아닌 다음에는. 그리고 킴. 시간이 늦었다. 나 사무실에 들어가야 할 시간이야. 점심 잘 먹었다. 다음에 또 만나자."

카스터는 이 불편한 자리를 빨리 끝내고 싶은지 서둘러 일어난다.

재미있는 점심시간을 보낸 뒤 카스터는 사무실로 돌아가고 나는 법원으로 향한다. 이곳 사람들에게 법원은 행정서류를 발급받는 정도의 기관이며, 법은 일상생활에 소용이 닿지 않는 것 같다. 오랜 세월 동안 가족과 구성원들의 합의로 문제를 해결해왔고 여전히 그렇게 살고 있다. 서로 해명하고 사과하며 자체적으로 궁리해보다가 그래도 문제가 풀리지 않으면 그때 법으로 해결을 하는 편이라서 경찰서나 법원은 대체로 한산하다. 심지어는 얼마 전 옆 동네에서 술 취한 총각들이 서로 싸움을 하다가 옆에서 말리던 남자를 때려 숨지게 만든 일이 있었는데, 피해자는 재무부 총장이었다. 신문 사회면에 크게 보도가 될 만큼 큰일이었지만 가해자와 피해자가 얽히고설킨 인척 관계인지라 서로 합의를 보았고 두 달 뒤에 가해자 청년들은 풀려났다. 마을 주민들이 문제를 법정으로 가져가는 것을 수치스럽게 생각하는 것도 있고, 이들의 생활에 복잡한 사건들은 그다지 일어나지 않으므로 법원은 한산하다.

섬의 일몰_

야자나무 아래 평상에 누워 늦은 오후 뜨거운 햇빛에 익어가는 그늘 밖 세상을 보며 뒹굴고 있다. 수탉이 암탉을 괴롭히며 앞마당을 어지럽히는 동안 그뒤로 병아리 여러 마리가 종종거리며 따라다닌다. 제이댄과 동생 제이알은 낡은 반바지 차림에 맨발로 나와 나무막대기를 들고 칼싸움을 하고 있다. 셋째 티번과 막내 샤핀은 자기들과 놀아주지 않는 오빠들을 원망하며 집 안팎을 들락거리다가, 오빠들의 과격한 놀이를 아빠에게 일러바치면서도 다시 오빠들에게 같이 놀아달라고 애원하며 울다가 웃다가 한다. 집주인 남자는 안방에 누워 두 아들에게 말썽부리지 말라고 간간이 소리를 지르고, 안주인은 잠을 자는지 마실을 갔는지 얼굴을 볼 수가 없다. 누운 채로 졸다 깨다를 반복하는 동안 어느새 주위는 어두워져가고 있었다.

이 섬의 모든 집들이 그렇듯 이 집도 해안가에 위치해 있다. 이곳에서 일몰의 순간은 야자나무와 열대나무들에 가려 잘 보이질 않고 다만 어둠에 잠겨가는 나무들의 어둑한 형체 위로 진홍색 노을이 퍼지는 광경만을 볼 수 있다. 적도의 어둠은 해가 지는 순간 온 하늘을 덮기에, 매번 그랬듯 오늘의 노을도 아주 짧은 순간 왔다갈 것이다. 그저 이렇게 두 팔로 팔베개를 한 채 조금만 더 누워 있자. 그러면 한낮의 태양보다 더 강렬하고 더 자극적인 빛깔의 노을이 한쪽 하늘에서 밀려와 루이사 집의 녹슨 양철지붕과 군데군데 잔디가 벗겨진 앞마당과 야자나무를 불살라버리고 결국 누워 있는 나까지도 불살라버리리라. 조금도 움직이지 말고 더 누워 있자. 천지가 온통 진홍빛으로 불탈 때까지.

열대어의 무늬_

등대에 들러 아침 바람을 쐬었다. 아흔아홉 개의 시멘트 계단을 숨가쁘게 올라 1층에 들어서면 입구 정면에는 아마도 2차세계대전 당시 등대 위병들이 사용했을 작은 사무실이 있고 그 옆은 로비로 통한다. 여덟 평쯤 되는 로비엔 여전히 세라믹타일이 기하학적인 무늬로 깔려 있고 천장은 바로크식 형태의 콘크리트 보로 우아하게 마감돼 있다. 아치형의 부드럽고 질감 있는 디자인으로 제작된 로비 밖 현관 기둥도 보기에 아름답다. 등명기로 향하는 통로는 좁은 나선형 계단으로 되어 있다. 미군 폭격기들의 기관포에 뚫린 구멍으로 비친 햇살에 군데군데 고인 빗물이 보인다. 구불구불한 계단을 올라 등대 정상에 서면 등명기에 설치되었던 프레넬 렌즈▼는 이미 사라지고 녹슨 철구조물만이 남아 있다.

전망대에 서면 멀리 북쪽 채널과 더 멀리 태평양이 한꺼번에 펼쳐져 보인다. 큰 배들이 환초 안으로 들어올 수 있는 유일한 북쪽 채널 양옆으로는 환초를 받치고 있는 산호대가 있다. 그리고 부서지는 파도의 흰 포말들이 띠를 이루며 길게 꿈틀거리고 있다. 칠십여 년이 지나도 아직까지 멀쩡한 전망대 난간을 붙잡고 등명기를 한 바퀴 돌면 뒤편으로는 토

▶ 등대의 빛을 평행 광선으로 내보내기 위한 렌즈

노와스, 페판, 우만, 파나파게스, 우돗, 파이추크 등 환초 안의 모든 섬들이 꼬리에 꼬리를 물고 정렬해 있다. 그저 아름다울 뿐이다.

한·남태평양 해양연구센터▼ 정문에 도착하니 험상궂은 경비가 이미 연락을 받았는지 용건도 묻지 않고 내 얼굴만 확인한 후 문을 열어준다. 현관에서 이 센터의 책임자인 박 박사가 연구원으로 보이는 젊은 남자와 한참 얘기를 나누고 있던 중에 나를 보고 반갑게 인사를 건넨다.

"제가 이번에 새로운 일을 해보려고 합니다. 아시다시피 이 섬 경제가 엉망이라 하던 일도 점점 더 어려워지고 해서 여러 가지 생각 중에 관상어를 수출해보려고 합니다. 그런데 제가 그쪽으로는 문외한이라 박사님께 여쭤보려고요."

박 박사를 따라 실험실로 들어서니 젊은 연구원이 현미경 앞에서 무엇인가를 열심히 들여다보고 있다. 안에는 이름 모를 실험 장비들이 여러 가지 구비돼 있다. 이 척박한 섬나라에 이 정도 장비를 갖추고 관리하기가 보통 일은 아닌 것 같다. 이것저것 물으니 알아듣기 쉽게 차근차근 설명해주는 박 박사가 고맙다. 얼굴 몇 번 본 게 전부인데 귀찮은 내색 없이 친절하게 대해주는 박 박사에게 오랜만에 인간에 대한 호의를 느낀다.

"현지에서 서식하는 열대어를 저쪽에 채집해놓았습니다. 아마 김 사장님이 흥미를 느끼실 겁니다."

▶ KSORC. 기초 해양 생태계, 열대 생물 서식지 연구를 기반으로 다양한 연구를 수행하는 과학기지

박 박사는 작은 사각 어항들이 진열되어 있는 곳으로 나를 안내한다. 작은 어항들 속에는 각양각색의 화려한 열대어들이 들어 있다. 얼굴에 흰 줄이 있는 귀여운 흰동가리가 헤엄치는 어항에는 공생관계의 말미잘도 들어 있다. 멋들어진 꼬리지느러미를 가진 나비고기와 에인절피시가 헤엄치고 있다. 가끔 바다에서 수영을 하거나 다이빙을 할 때 보았던 물고기들이다. 그때는 그저 예쁘고 신기할 따름이었는데 지금 눈앞에 보이는 이 열대어들이 내게 새로운 출발을 하는 데 꼭 필요한 존재들이라고 생각하니, 검은색 줄무늬도 긴 꼬리지느러미에 까맣게 칠해진 무늬도 새롭다. 에인절피시 어항에 손을 넣어보니 나를 향해 헤엄쳐오던 놈이 슬그머니 방향을 틀어 옆으로 돌아간다. 지켜보던 박 박사가 미소 짓는다. 인사를 하고 센터를 나오는 길은 올 때와 마찬가지로 덜컹대고 험했지만 마음만은 가벼웠다.

아주 고요한 평화_

고춧가루를 듬뿍 넣은 꽁치 통조림 찌개와 주인집 남자 제레미스가 잡아온 작은 물고기들을 소금에 절여 말린 생선포, 그리고 대충 끓인 된장국을 준비해 맛있게 저녁을 먹고 마당에 나왔다. 마당 건너편 주인집에서 새어나오는 희미한 초롱불빛이 창문과 열어놓은 현관문으로 내비친다. 도란도란 이야기를 나누는 소리가 들리는 것을 보니 루이사네도 저녁을 먹고 있는 중인 것 같다. 설탕을 조금 넣은 커피 한 잔을 들고 야자나무 아래 평상에 앉아 담배를 피우며 어둠에 잠겨가는 동네를 바라보고 있자니 밤하늘 선명한 초승달이 섬과 바다를 고르게 비추고 있다.

추크의 본섬인 웨노는 자주 끊기기는 하지만 그나마 전기가 공급되는 곳이고 자동차가 다닐 수 있는 포장도로가 있다. 또 큰 화물선이 정박할 수 있는 항만 시설이 있어 추크로 들어오는 모든 화물 컨테이너는 웨노 섬에서 하역하기 때문에 웬만한 큰 가게들은 이곳에 있다. 나머지 섬에서는 전기 없이 자가 발전기나 호롱불이나 촛불을 사용하는 정도라 문명 생활과는 거리가 멀다. 그마저도 동네에 큰일이 있을 때에만 자가 발전기를 사용한다. 소음이 심하고 기름값이 비싸 평소에는 거의 사용하지 않는 것이다. 호롱불이나 촛불도 여의치 않으면 달빛에 의지해 생활하기에 밤이 되면 온 동네가 어둠의 정적에 잠긴다. 별자리의 이름을 떠올리며 밤하늘을 헤매고 있다보면 어느새 별들은 내 얼굴 위로 가득 떨어져내리고 서쪽 하늘에 깔린 은하수는 꿈처럼 흐른다. 그렇게 멍하니 하늘만 올려다보고 있으면 가끔은 그리울 것도 없는 서울의 밤하늘이 생각나곤 한다.

한겨울, 얼굴이 언 채로 버스 정류장에서 집으로 향하다 문득 올려다본 겨울 하늘에 간간이 보이던 흐릿한 별빛. 꽁꽁 얼어붙은 달빛이 후미진 길 안쪽을 겨우 비추던 서울 변두리. 늦은 여름밤, 친구들과 싸구려 안주와 싸구려 얘기로 잔뜩 취기가 올라 올려다보았던 그 헛헛한 하늘……. 주인집 식구들의 저녁이 끝났는지 제레미스가 집밖으로 나온다.

"네버간님▼, 킴. 뭐하고 있어?"

"응, 나도 저녁 먹고 커피 한잔 마셨어."

"티번! 커피 두 잔만 타와."

"괜찮아, 나는 마셨는걸."

제레미스는 들은 척도 안 하고 담배에 불을 붙인다. 셋째 딸 티번이 커피 두 잔을 내온다. 나는 다니단 커피를 한 잔 더 마시며 제레미스에게 낚시 다녀온 얘기며 동네의 소소한 이야기들을 듣는다. 주인집 창문에서 흐릿하게 비추던 호롱

▶ 저녁 인사

불이 꺼지고 루이사와 4남매가 집 앞 현관에 옹기종기 모여 앉는다. 루이사는 티번을 앞에 앉혀 머리를 빗기고 막내딸 샤핀은 자기가 언니의 머리를 빗겨주겠다며 엄마를 귀찮게 한다. 제이댄은 우쿨렐레처럼 생긴 장난감 기타를 치며 제이 알과 화음을 맞춘다. 어설프던 노래에 화음이 점점 맞아들어간다. 두 아들이 노래를 부르자 옆에서 딸들의 머리를 빗겨주던 엄마도 조용히 따라 부르고 덩달아 딸들도 함께 섞인다.

아이들의 나직한 노래가 마당에 울려퍼진다. 온 섬에 조용한 평화가 찾아온다. 나와 제레미스도 그 노래를 들으며 담배를 피운다. 밤하늘의 달도, 별도, 바람도 적당히 흔들리고 있다.

Nancy Drew
HIAC
TOYOTA

편지_

잘 지내시는지요? 한국을 떠날 때 인사도 제대로 못하고 왔습니다. 지난번 서울에서 말씀드린 대로 추크에 도착해 회사 일을 마무리했습니다. 잘되지는 않았지만 저 나름대로는 최선을 다해 회사 미수금을 오늘 날짜로 정리했습니다. 그리하여 수금액 21만 달러 중 10만 달러는 담당자에게 사례금으로 지불하고, 잔금 11만 달러 중 8만 달러를 서진의 몫으로 보내니 적은 금액이나마 받아주시길 바랍니다. 물론 전액을 다 보내도 모자라다는 것을 잘 알지만 제가 이곳에서 계속 무언가를 하려다보니 최소한의 돈을 제하게 되었습니다. 부디 야속하다 탓하지 마시기를 바랍니다.

물론 제수씨가 이 돈을 받으시면 왜 이렇게 많이 보냈느냐고 하실 줄 압니다. 제수씨 자신은 이제 생활이 안정됐으니 저보고 이 돈으로 더 열심히 사업해 성공하기를 바란다고 하실 줄 잘 압니다. 그러나 제 마음은 더 못해드리는 것이 아쉬울 뿐입니다.

그러고 보니 제수씨에게 처음으로 메일을 써보는군요. 제가 서진이를 따라 추크로 오기 전에 함께한 식사 자리에서 소개받고 그후 십 년 동안 간혹 기회가 닿을 때 만나뵌 게 전부라 지금까지도 제수씨와의 사이가 어색하기만 합니다. 더구나 그 사고 이후에는 혼자 살아 있다는 알 수 없는 죄책감으로 만나뵙기가 민망하여 멀리에서 혼자 미안해하고 죄송했습니다. 이제는 벌써 삼 년이 흐르고 지난번 만나뵌 제수씨와 딸도 어느 정도 안정을 찾은 것 같아 저도 마음이 조금 놓입니다.

그동안 서진을 만나 같이했던 십여 년의 시간들이 정말 좋았습니다. 추크에서 함께하는 동안 고생도 많고 힘든 일도 많았지만 서진에게 많은 것을 배웠습니다. 나이는 제가 한 살 많았지만 오히려 서진이가 저를 이해해주었고 힘이 돼주었습니다. 항상 밝은 얼굴로 힘든 일들은 먼저 찾아 하고 어려운 상황을 긍정적으로 받아들이며 최선을 다하는 모습은 언제나 보기 좋았습니다.

앞으로 제가 살면서 사회적으로 좀더 나은 사람이 된다면 그것은 많은 부분이 서진이 덕분입니다. 그간에 여기서 같이 일하면서 옆에서 보고 배웠던 점들은 앞으로 제가 인생을 살아가는 데에 많은 도움이 될 것입니다. 언제나 주위 사람들을 세심히 배려하고 자기 자신에게는 최선을 요구하며 맡은 일은 언제나 끝까지 책임지고 살았던 그의 모습은 인간으로서 조금도 부족함이 없는 사람임을 알게 했습니다.

이곳에서 딸아이를 걱정하던 모습도 생각납니다. 언젠가 가족들과 외식을 하러 시내에 나갔는데 식사를 마치고 딸이 더 놀고 싶어 고집을 부렸다더군요. 그때 그 자리에 딸아이만 남겨두고 제수씨와 차를 타고 떠난 적이 있었는데 그게 매번 후회되었던 모양입니다. 딸이 우는 모습을 떠올리면서 너무 모질게 대했던 것은 아니었나 후회하며 고개 숙였어요.

서진이는 이곳에서도 항상 제수씨와 딸을 많이 그리워했습니다. 어느 정도 사업이 자릴 잡으면 가족과 더 많은 시간을 보내겠다고 자주 얘기했습니다. 물론 제수씨께서 그 깊은 사랑을 저보다도 더 잘 아시겠지요.

무엇보다 내내 든든히 지내시길 바랍니다. 그럼 앞으로 기회가 되면 또 연락드리겠습니다. 부디 건강하시고요.

서진의 친구가.

결코 돌아갈 수는 없겠지_

베네딕은 야자나무 아래, 그리고 나는 허벅지쯤 물이 차는 바다에 들어가 앉아 한 손에는 담배를 한 손에는 찬 맥주를 들고 있다. 모래사장 저편 나무 그늘 아래에서는 루이사와 베네딕의 아내 데리안, 그리고 그녀의 두 딸 멜린과 게티, 동네 소녀 몇이 모여 바비큐를 굽고 있다. 얕은 바다에서는 티번과 샤핀이 동네 꼬마들과 물놀이를 하고 있고 제이댄과 제이알, 안쏘는 동네 꼬마놈들과 해변가에 있는 큰 플라스틱 나뭇가지에 올라 바다로 뛰어내리는 놀이에 한창이다.

바다와 하늘은 모든 잡색을 제거해버린 본연의 하늘색과 바다색으로 선명하다. 가뜩이나 따듯한 열대 바다인데 한낮의 뜨거운 태양 때문에 온도가 더 올라가 얕은 바다 쪽은 거의 온탕 수준이다. 어느새 점심 준비가 다 되었는지 루이사가 부르는 소리가 들린다. 일회용 접시에 담아준 닭다리와 생선구이를 받아들고 물가에 앉아 먹는다. 내 주위로 떨어진 밥알과 음식 부스러기를 먹으려고 작은 물고기들이 모여든다. 처음에는 모래색과 비슷한 작은 물고기 한두 마리가 모여들더니 순식간에 떼를 지어 주위를 돌고 있다. 나는 먹다 남은 밥알과 닭다리를 잘게 부수어 물속에 풀어놓는다.

작은 물고기들은 내 종아리와 허벅지 그리고 손가락 사이를 왔다갔다하며 열심히 부스러기를 먹는다. 그 모습이 재미있어 구운 소시지를 더 들고 와 물속에 풀었더니 이번에는 조금 더 큰 고기들까지 몰려와 바글댄다. 뜨거운 한낮의 태양에 목덜미와 등짝이 벌겋게 익어간다. 나는 베네딕이 앉아 있는 야자나무 그늘로 갔다.

"베네딕, 맥주 하나만."

목이 칼칼했던 터라 베네딕이 건넨 찬 맥주를 단숨에 반쯤 마신다.

"지난번에 국장 카스터하고 점심을 먹었는데 그때 너에 대해서 재미있는 얘기를 들었어."

베네딕은 눈부신 햇살에 눈을 찌푸리며 그 무심한 얼굴로 나를 본다.

"네가 이 섬의 전설에 나오는 귀신인 '고귀한 핏줄'의 후예라고 하던데. 맞아?"

그동안 궁금했던 이 섬의 옛날이야기를 듣고 싶어 장난스럽게 물었다. 베네딕은 희미하게 미소 짓는다.

"너는 내가 귀신처럼 보이니?"

"글쎄, 귀신이면 이런 대낮에는 돌아다닐 수 없을 테니까 아닌 것 같고. 그런데 왜 사람들이 너를 무서워하는 거야? 지금도 제레미스도 그렇고 아이들도 그렇고 너한테는 가까이 오지 않잖아."

"킴, 네가 어디까지 얘기를 들었는지는 모르지만 카스터가 아마 나 때문에 자세한 얘기는 못했을 것 같으니 먼저 '고귀한 핏줄'이 뭔지부터 얘기해야 할 것 같다. '고귀한 핏줄'은 인간이 이 세상에 존재하기 이전부터 있었고 각각 특별한 능력들을 가지고 있었다고 하지. 어떤 존재는 맹수와 소통할 수 있고, 어떤 존재는 나무와 교감할 수 있고, 또 어떤 존재는 세상의 소식을 들을 수 있었고, 어떤 존재는 하늘을 읽을 수 있었다고 해. 그리고 그 존재들은 각자가 세상 어디에 있어도 서로를 감지해내고 서로에게 뜻을 전할 수 있었다고 하고. 그렇게 각각의 존재들이 각각의 능력을 갖고 이 세상을 조화롭게 만들기 위해 세상을 돌아다니며 지상에서 벌어지는 잘못된 일들을 바로잡으려고 했었어. 그 존재들이 처음부터 그렇게 이 세상과 조화를 이루었던 것은 아니고, 처음에는 그들이 지닌 능력을 과신해서 교만하게도 이 세상의 절대자들이 되고 싶어했었어. 그래서 그 능력을 자신들만을 위해 사용하면서 다른 존재들 위에 군림했었지. 그런데 그들의 능력이 점점 더 극대화되고 확장될수록 그들이 알게 된 이 세상의 진실은 자신들만이 선택받은 영원불멸의 존재가 아니라 이 세상에 존재하는 모든 것들과 다를 바 없는, 결국 언젠가는 소멸될 존재라는 것이었어. 더구나 그들의 시간은 결코 그전에 이 세상에 군림했던 존재들보다 길지 않고 심지어는 그들에게 남아 있는 시간이 아주 짧다는 것도 알게 됐어. 그래서 그들은 모든 활동을 접고 그 사실들의 본질을 파헤치기 시작했지. 하지만 진실에 가까워질수록 드러나는 사실들은 더 절망적이었어. 성스럽고 특별하다고 믿었던 자신들의 기원은 사실 태초에 하찮은 존재로부터 시작됐고, 그들보다 먼저 이 세상에 군림했던 수많은 존재들이 있었고, 그 수많은 존재들은 자신들이 상상할 수 없을 만큼 오랜 세월을 존재하다 사라져갔다는 암담한 사실들만을 알게 되었던 거지. 그래서 그 존재들은 자신들이 왜 존재해야 하는지, 그리고 자신들에게 종말이 닥친다면 언제 어떻게 오는지를, 또 그 종말이 오면 자신들은 어떻게 해야 하는지를 알기 위해 각자가 세상을 돌아다니며 해답을 구하기로 한 거야. 그래서 소수의 여러 무리들이 고향을 떠나 세상으로 나갔어. 그때만 해도 그들의 고향을 제외한 다른 곳은 생명이 존재하기에는 너무 척박한 얼음의 땅이었고, 해가 뜨지 않는 암흑의 공간이었지. 또한 무서운 괴물들이 곳곳에 숨어 있었지. 그래서 고향을 떠난 수많은 무리들 중 상당수가 목숨을 잃었고, 또 일단의 무리는 다시 고향으로 돌아가 새로 알게 된 사실들을 고향에 남아 있는 무리들에게 전했어. 하지만 그들의 고향땅도 시간이 지날수록 얼음의 땅으로 변해갔고, 태양은 빛을 잃어 암흑의 세상으로 변해갔어. 그럼에도 닥쳐오는 종말을 모면하기 위해 그 존재들은 포기하지 않고 더욱더 세상의 진실을 탐구하고, 알게 된 사실들을 확인하기 위해 마지막 존재까지 모두 고향을 떠났지. 그 존재 중에 일부가 이 섬에 오게 된 거다. 킴, 어때? 내 얘기가 재미있니?"

전설이라고 하기에는 사실적인 묘사에 조금 어안이 벙벙해진다. 베네딕은 다시 시선을 허공으로 던진다.

"킴, 내 얘기가 어려웠나? 아니면 네가 진지하게 생각을 안 해봐서 그런 건 아닐까? 만약에 내일 세상의 종말이 온다면 인류는 무엇을 어떻게 준비할까?"

이번엔 베네딕이 나를 직시한다. 검고 깊은 눈빛이 부담스럽다.

"글쎄. 내일 세상이 끝난다면 나 같으면 술이나 마시며 잠들겠지. 아무런 방법이 없으니까."

"다른 사람들은 어떨까? 너처럼 술이나 한잔하고 잠이 들까? 아니, 대부분의 사람들은 내일이 오기 전에 미쳐버리겠지. 끝이라는 두려움을 인간이 견디어낼 수 있을까? 왜 존재하는지에 대한 확신이 없는데 내일 세상이 끝난다면 대부분의 사람들은 오늘밤에 미치든지, 자살하든지, 아니면 악마로 변하겠지."

나는 특별히 대꾸할 말도 없고 베네딕의 얘기에 수긍도 가기에 그냥 잠자코 다음 말을 기다린다.

"킴, 너는 인간이 다른 생명체보다 월등한 존재라고 생각하니?"

"글쎄. 생각해본 적이 없어서."

"그럼 인간의 문명이 다른 생명체를 존중하는 문명이라고 생각해?"

나는 잠시 생각해보다가 대답한다.

"네 말대로 인간은 다른 생명체를 존중하는 존재는 아니지."

"킴, 사람은 사람이 생존하는 데 다른 종들이 방해가 된다면 거리낌없이 제거해버리지. 아무리 사소한 불편이라도 사람에게 방해가 된다면 종 전체를 말살해버리기도 해. 아무런 양심의 가책 없이. 지금이야 인간의 살상 능력이 너무 뛰어나서 인간을 위협하는 존재들이 이 세상에 거의 없어졌지만, 만약에 3만 년 전에, 5만 년 전에, 또는 10만 년 전에 인간이 아주 나약한 존재였을 때, 그 시대에 맹수들이 인간을 자기들의 생존에 불편한 존재라 여기고 초원에서 재미삼아 사냥하거나 쫓아내버렸다면 지금처럼 인간이 존재할 수 있었을까? 지금 인간은 생활 터전이 좁다고 산을 깎아내고 밀림을 거침없이 제거하는데, 만약 나무들이 자신들의 생존에 방해가 되는 인간을 없애기로 마음먹고 오늘부터 삼투압 시스템을 바꿔 산소를 소비하고 이산화탄소만을 배출한다면 인간은 채 하루도 못 견디겠지. 이 세상에 존재하는 수많은 박테리아 중에 단 한 종이라도 인간을 거추장스럽고 불필요한 존재라 여겨 말살해버리려는 의지를 갖는다면 인간은 멸종해버려. 그런데 인간은 이 세상에 대한 진정한 이해나 존경도 없이 인간만이 선택받은 존재이고 모든 것들을 인간만이 소비하고 소유할 수 있다고 당연하게만 생각하는 거야. 얼마나 무지한 교만이야?"

베네딕의 목소리에 힘이 실린다. 야자나무 아래에서 데리안과 루이사가 이쪽을 힐끔대며 쳐다보고 있다. 안쏘와 제레미스도 불안한 눈초리로 베네딕을 바라본다. 베네딕은 다시 작은 목소리로 말을 잇는다.

"킴, 무리를 지어 사는 다른 생명체들을 생각해봐라. 어떤 무리들이 인간들처럼 동족을 착취하고 교묘하게 억압하며 살고 있어? 인간처럼 부당하고 교묘하게 동족을 착취하는 무리들은 없다. 당연히 무리를 지으면 낙오자도 있고 조직의 혜택을 누리는 소수의 지배 계층도 당연히 있지. 하지만 낙오자나 승리자도 정당하고 공평한 경쟁을 통해 정해지고, 그 결과를 모두가 받아들여. 낙오자는 당연히 도태되지. 그리고 아무리 약한 구성원이라도 무리에 속해 있는 한은 외부의 위협으로부터 보호받고, 어려운 상황에 처했을 때는 구성원 모두가 그 어려움에 빠진 개체를 방법을 다해 돕게 돼 있어. 그래서 그 무리가 계속 존재해나가는 거지. 그런데 인간은? 도태되어야만 할 구성원과 회생의 가망이 없는 구성원까지 인류애라는 달콤한 포장으로 도움을 주고 보살핀다고는 하나, 실제로는 전혀 동등한 구성원으로서 받아들이지 않고 단지 대다수의 약자들을 안심시키고 세뇌해 그들이 전혀 인지할 수 없는 시스템으로 구속하지. 만약 이 구조가 바뀌지 않는다면 인간이 계속 무리를 지어 국가라는 테두리 안에서 살아야 할 이유가 있을까? 그래서 인간 문명의 발전은 한계에 다다랐다고 하는 거다."

"베네딕, 아직도 네 얘기가 어렵다. 인간은 이제부터 각자가 원시시대로 돌아가 독단적으로 살아야 한다는 얘기냐?"

베네딕은 다시 생각에 잠기어 푸른 하늘을 바라본다.

"그래, 불가능한 얘기겠지. 인간은 너무 멀리 와버렸어. 결코 돌아갈 수는 없겠지."

존재하기만 하면 되는 존재_

새벽부터 장대비가 내렸다. 소란한 빗소리에 죽음 같은 잠에서 깨어나 물 한 모금을 마시고 빗물이 들이치는 창가에 붙어 서서 어둡게 젖고 있는 동네 골목길을 바라보았다. 불빛 하나 없는 바깥세상은 창문 크기만큼의 어둠으로 존재했고 세찬 빗줄기가 창틀에 부딪혔다. 내 얼굴까지 적실 듯한 차가움과, 양철지붕에 요란하게 떨어지는 촘촘한 빗소리와, 마당에 자라는 바나나나무와 빵나무 잎을 두들기는 둔탁한 소리가 온 밤을 채웠다. 예정된 일이 없는 무위한 새벽이기에 할 수 있는 것이라곤 현실과는 거리가 먼 어리석은 추억을 꺼내보는 일과 예정되어 있지 않은 남은 시간들을 헤집고 쌓아올려보는 일뿐.

아침나절엔 빗줄기가 가늘어졌다. 바다에서 피어오르는 물안개와 야자나무 꼭대기까지 내려앉은 비안개로 섬은 온통 차가운 물의 잔영에 휩싸여 있다. 이슬비 너머 마을길은 잠결처럼 몽롱하다. 이미 동네 아이들은 등교를 마치고, 집에 남아 있는 아낙들은 할 일 없이 집 안에서 뒹굴며 게으름을 피우고, 남자들은 비 오는 동네 골목길을 바라보며 다디단 커피와 담배로 시간을 보내고 있다.

나는 냉장고에 넣어둔 차가운 빵에 뜨거운 커피를 곁들여 아침을 해결하고 아무도 없는 길에 우비를 걸치고 나섰다. 동네 골목길은 물이 잘 빠지는 산호사로 닦아놓아 아침 산책이 불편하지는 않다. 야자나무와 빵나무의 무성한 잎들 위로 쉼 없이 떨어지는 소란한 빗소리가 세상의 모든 소리를 지우고 있다. 나는 그 빗소리가 시키는 대로 세상을 잊고 길을 걸었다. 눈 어두운 짐승이 밤길을 걷듯 한 발자국 한 발자국 텅 빈 길을 걸어 베네딕의 집으로 향했다. 언덕길을 올라 마당에 들어서니 헛간에서 낚시 도구를 손질하던 베네딕과 안쏘가 반갑게 나를 맞는다.

“킴, 관상어 사업은 언제 시작해? 시작하면 나도 일 좀 시켜줘.”

“응. 당연하지. 그런데 필요한 장비들이 한 달 후에나 도착할 것 같다.”

“그럼 지금부터 잡아놓으면 되잖아?”

“안쏘, 천천히 하자. 이 동네 고기들이 어디 도망가는 것도 아닌데, 한 달만 기다리자.”

“베네딕, 일을 시작하면 고기를 잡는 것보다도 고기를 보관하는 게 더 문젠데. 혹시 얕은 해안가 쪽에 돌로 축대를 쌓아 작은 축양장을 만들면 어떨까? 돈도 적게 들고 관리도 쉬운데.”

베네딕은 여전히 고개를 숙이고 낚싯바늘들을 손보며 응

대한다.

"축양장보다는 그물을 쳐서 그 안에 고기를 보관하는 게 나을 것 같은데."

"그래 맞다. 그물이 훨씬 간편하네. 좋은 생각이야."

언제나 시원시원한 대답을 해주는 베네딕. 그러던 베네딕이 갑자기 개구지게 웃으며 말을 꺼낸다.

"킴, 내가 이 섬에서 신 같은 존재라고 사람들이 얘기하잖아. 그럼 사람들은 신에게 뭐를 바랄까? 오늘이라도 신이 세상에 내려와 악한 자들을 모두 불태워 죽이고 선한 자들만 선별해서 천국으로 데려가기를 바랄까? 아니면 신이 인간과 함께 살면서 인간들의 마음을 교화해서 욕망을 없애고 천사로 만들어버리기를 바랄까? 내가 아는 사람들은 모두가 욕망을 간직하며 살기를 원해. 욕망이 있기에 행복이라는 것도 있고, 희생도 있고, 발전도 있어서 세상이 지탱되는 거지. 신은 그저 저 하늘에서 인간 세상을 내려다보며 알 수 없는 내일로 안내해주는 존재만으로 충분한 거야. 그러니 이곳 사람들이 나를 신적인 존재로 생각한다면 나는 그저 존재하기만 하면 되는 거야. 그것으로 충분하지. 안 그래?"

베네딕은 엷게 웃으며 나를 본다. 옆에서 수다를 떨던 안쏘는 아무 얘기도 못 들은 척 열심히 낚시 도구를 손질하고 있다. 나는 그 말을 들으며 신이라는 존재에 대해 생각하느라 어디 먼 곳만 바라보고 있었다. 양철지붕을 때리던 소란한 빗소리가 잦아들고 있다. 물안개에 가려져 있던 세상도 조금씩 열리고 있다.

교회_

여느 현지인들처럼 꽃무늬 셔츠에 검정 바지까지는 아니더라도 나름대로 옷차림에 신경을 쓰고 집을 나섰다. 집집마다 교회 갈 준비로 부산한 일요일 아침이다. 식사 준비와 아이들 목욕에, 깨끗한 옷을 입히느라 엄마들은 손발이 모자랄 정도이고, 집안 남자들은 소중한 일요일에 식구들의 번잡한 과정이 맘에 안 들어 아내와 아이들을 못마땅한 눈초리로 바라본다. 그래도, 그나마, 평화로운 아침이다.

이 나라 주민들 대부분이 일요일에 교회 가는 것을 당연시한다. 이곳에 온 지 얼마 되지 않았을 무렵, 주말에도 일을 한 적이 있었다. 그런데 현지 직원들은 일요일에는 절대로 근무하지 않았다. 특근수당을 제안받기도 했지만 갖은 핑계를 대가며 열이면 열 출근하지 않았다. 이곳의 종교 문화를 파악하지 못했던 회사는 현지 직원들을 다그쳐 일요일에도 일을 하도록 요구할 때가 있었는데, 한 번은 집안 식구들이 벌떼같이 찾아와 험하게 항의했다. 하나님도 모르고 가정도 모른 채 일만 하는 한국놈들은 다 지옥에 가야 한다며 불같이 화를 냈다. 그후 현지인이든 아니든 대부분의 사람들은 이곳의 풍습을 따른다.

일부 지역에서는 주일에 일을 하거나 놀러다니거나 하면 경찰이 잡아갈 정도로 종교 문화가 일상 깊이 자리잡고 있다.

부끄러운 영어 실력으로 드문드문 알아들은 신부님의 말씀은, 하나님의 말씀을 행하는 것은 언제나 고난의 길이라는 것과 일상에서 부딪치는 절망과 고통에 굴하지 않고 행하고 또 행하면 뜻에 닿을 수 있다는 것이었다. 신부님은 현지인들의 부족한 영어 실력을 배려해 쉬운 단어와 정확한 발음으로 또박또박 설교하며, 앞줄에 몰려 앉은 개구쟁이 꼬마들과 자주 눈을 맞추면서 미사를 진행한다. 미국인치고는 작은 키에 머리가 하얗게 센 그는 뉴욕 성공회에서 이 년 동안 이곳에 파견 나와 있다. 노신부님의 말씀과 그가 집전하는 성찬식을 보며 나는 가라앉고 또 가라앉았다. 쉽게 몸을 움직이는 것조차 어려울 정도로 심연 속으로 한없이 가라앉고 있었다.

문득 무거워진 고개를 들어 활짝 열어놓은 문밖을 내다보았다. 토노와스와 페판, 그리고 연이은 또다른 섬들이 녹색 띠로 줄지어 있는 것이 청색 바다와 푸른 하늘의 경계선 위에 마치 커다란 배가 떠 있는 것처럼 보였다. 주위를 돌아보니 교회 안에는 나 혼자뿐이었다.

HOLY
FAMILY CHURCH

신비한 흐름_

연구센터 조사팀원들과 일정을 함께하기로 했다. 우리는 붉은 산호들이 부서져 모래사장을 이룬 해변 여기저기 편한 자리에 편한 자세로 앉아 각자의 저녁놀을 바라보았다. 네 개의 섬이 옹기종기 모여 맹그로브 숲으로 이어진 섬(지도상에는 하나의 섬처럼 보여서 '파이추크'라 부르는)들 너머로 여느 때처럼 화려하고 처연하게 물든 저녁놀이 가라앉고 있었다. 앞으로 나흘 동안 지낼 이 무인도에서의 불편함과 밤이면 이런저런 벌레에게 시달릴 것을 생각하며 담배를 피우는 중이었다.

앞으로 채집해야 할 해면이 어느 지형에 많이 있을지 예상하며 진지하게 상의하는 이 박사와 박 선생은 무인도 생활의 불편함은 안중에도 없는 듯, 앞으로 사흘간의 작업 일정을 짜느라 바쁘기만 하다. 김 선생과 장 선생은 물속 시계視界가 40미터 이상 나오는, 침몰선 다이빙으로 유명한 세계적인 포인트에서의 다이빙을 기대하며 섬 둘레의 바다를 살펴보고 있다. 뒤편 숲 쪽에서는 마루안과 조판이 이 섬의 총각 둘과 단출한 저녁을 준비중이다. 아침부터 무인도 야영 생활에 필요한 물품과 샘플 채집에 필요한 장비를 싣고 서둘러 출발했지만 200마력 엔진 두 대를 장착한 선외기로 무려 두 시간이 넘게 걸려 환초 대 서쪽 끝 온낭 섬 언저리에 도착할 수 있었다.

준비해온 빵으로 배 위에서 간단히 요기하고, 배를 섬에 댄 후 짐 정리를 마치니 오후 네시가 넘었다. 총각들이 저녁을 준비하는 동안 우리는 덥고 지친 몸을 모래사장에 누이고 바다를 바라보았다. 환초 밖 바다엔 대양에서 밀려오는 5미터 가까운 너울이 누웠다 일어서기를 반복하며 넘실대고 있다. 너울이 환초 안으로 들고 나는 서쪽 채널은 다른 몇 개의 채널보다 훨씬 폭이 넓은 대신 수심이 낮아 대양의 영향을 많이 받기 때문에 파도도 높고 유속도 빠른 편이다.

이곳에서 모습을 자주 나타내는 돌고래떼를 기대했다. 그리고 환초 내에서도 사람 손이 덜 타 내해에서는 보기 드문 커다란 테이블 산호와 색깔이 좀더 화려하고 몸집이 큰 다양한 열대 물고기들을 이번 기회에 좀더 관찰할 수 있기를 기대했다.

어두워지기 전에 우리 모두는 한자리에 모여 통조림 찌개와 마른반찬 두어 가지, 준비해간 김치로 저녁식사를 마쳤다. 노을은 물러가고 뒤편 야자나무 숲부터 시작된 어둠이 사위를 잠식해간다. 그 어둠을 배경으로 밤하늘에 뜬 상현달은 휘황한 빛을 사방 천지로 뿌려대 어두운 곳은 더욱 어둡게 하고 밝은 곳은 더욱 밝힌다. 바다에는 달빛 말고도 수

많은 별빛이 부서져 내려와 너울이 올라설 때마다 그 등 위로 올라탄다. 이 모든 빛들 또한 만만치 않게 밝다. 결국 저 뒤편 야자나무 숲만 제외하고 온낭 섬은 인공적인 불빛 없이도 밝다. 우리는 앞으로의 고된 일정을 서로 얘기한 다음 잠자리에 들었다.

시끄러운 새소리에 눈을 떠 시계를 보니 여섯시가 다 됐다. 햇살은 이미 한낮처럼 밝고 뜨겁다. 잠자리는 생각만큼 불편하지 않았다. 모래 위에 깐 매트리스는 푹신했고 모기도 별로 없었다. 아침 준비를 위해 서둘러 일어나 마루안과 조판을 찾았다. 조금 후 그 둘은 바다에서 걸어나온다.

"조판, 마루안! 빨리 아침 준비하자. 이 박사님 팀 일찍 출발한다고 했잖아."

"걱정 마, 킴! 우리가 벌써 아침거리 잡아왔어. 금방 준비돼."

그들의 허리춤에는 손바닥만한 것부터 팔뚝만한 것까지 물고기 여러 마리가 철삿줄에 꿰어 매달려 있다. 잡아온 물고기 중에는 수족관에 잘 어울릴 나비고기와 앵무새고기도 여러 마리다. 화려하고 선명한 색깔에 먹기가 아깝다는 생각이 든다. 마루안과 조판은 도마와 칼을 꺼내 대충 살을 발라내고 현지식 양념장을 준비한다. 아침부터 생선회를 먹어야 하는 이 박사 일행은 당황하는 것 같다. 결국 우리는 생선회는 먹는 시늉만 하고 연구센터에서 준비해온 인스턴트 국과 반찬으로 아침을 먹고 바다로 나갈 준비를 한다. 나와 조판, 마루안은 김 선생과 장 선생의 외해 다이빙을 따라가기로 했고 이 박사와 박 선생은 섬 앞바다에서 해면을 채집하기로 했다. 작은 배에 다이빙 장비를 싣고 커다란 너울이 일렁이는 남쪽 채널을 빠져나와 온낭 섬 뒤편 환초 대에 닻을 내린다.

아주 먼 곳에서 시작된 미약한 흐름은 물과 물들이 합쳐져서 힘을 받는다. 여기에 대지의 흔들림과 해와 달이 더해져, 바람을 등에 지고 깊고 넓은 바다를 건너 깊고 높은 침묵이 장대한 너울로 다가와 우리가 타고 있는 작은 배를 슬그머니 올렸다 내려놓는다. 이내 큰 파문은 환초에 부딪혀 산개하며 환초 대를 넘어간다. 작은 배에서 바라본 온낭 섬 뒤편은 부서지는 포말의 흰 띠로 포위되어 있다. 나는 다이빙 준비가 한창인 김 선생과 장 선생에게 말을 건넸다.

"제가 괜히 따라나서서 두 분에게 폐만 끼치는 거 아닌지 모르겠습니다."

"별말씀을요. 덕분에 와보기 힘든 데까지 와서 샘플 채집도 하고 다이빙도 하는걸요. 오히려 저희가 고맙지요. 더구나 김 사장님은 저희 때문에 섬에서 불편한 야영도 해야 하잖아요."

진심이 담긴 말에 웃음으로 답했다.

"아무튼 이번 일이 잘됐으면 좋겠습니다. 그리고 일하시는데 방해 안 되도록 멀찌감치 떨어져 다니겠습니다."

"바다를 보니까 유속이 빠를 것 같으니 혹시 힘드시면 먼저 올라가세요. 여기는 시야가 넓고 바닷물 온도도 높으니 아무데서나 떠올라도 배 위에 있는 직원들이 김 사장님을 태우러 올 테니 걱정 마시고요."

"예, 잘 알겠습니다."

실은 내가 은연중에 외해 다이빙을 같이하고 싶다는 뜻을 내비쳤다. 이 박사를 비롯한 일행들은 내게 섬 사용 문제나 샘플 채집 등 여러 가지 도움을 받은 입장이라 거절을 못하고 동행을 승낙한 것 같았다. 외해 다이빙은 해류가 없는 내해 다이빙과 다르다. 대양에서 밀려오는 거대한 해류가 환초에 부딪히며 엉키는 물살과 파도 때문에 능숙한 다이버가 아니면 해류를 이기지 못해 물속에서 바위나 산호에 부딪혀 부상을 당할 수도 있다. 수심마다 방향이 틀어지는 물살에 휩쓸려 몸을 제어하지 못해 급상승할 위험도 크다. 급상승하게 되면 허파가 파열돼 목숨을 잃을 수도 있는 만큼 다이빙에서 가장 주의해야 할 사항이다. 김 선생과 장 선생이 내심 나의 동행을 불안해한다는 점을 충분히 이해하기에 평소보다 더 무겁게 웨이트▼를 차고 꼼꼼하게 다이빙 장비를 착용했다. 너울에 쉼 없이 오르락내리락하는 작은 배 위에서 물에 뛰어들었다. 수심 5미터까지 심하게 울렁댄다. 얼른 김 선생과 장 선생을 찾아 주위를 둘러보니 그들은 벌써 환초 대경사로를 따라 하강하고 있다. 열심히 이퀄라이징▼▼을 하며 오

▶ 부력으로 몸이 뜨지 않게, 천천히 가라앉게 해주는 장비
▶▶압력 차로 인한 상해를 입지 않기 위해 몸과 수중의 압력을 평형으로 만드는 기술

리발을 차고 내려가 두 사람의 뒤를 따랐다.

외해의 바다는 고요하면서도 거셌다. 밀려오고 부딪혀 돌아나가는 거대한 대양의 물살에 흰 모래밭뿐인 환초 대의 경사면 군데군데 깊은 계곡 같은 고랑이 파여 있고, 해류의 힘을 이기지 못한 산호들의 파편이 무한히 깔려 있다. 김 선생과 장 선생은 우리가 배를 타고 나왔던 남쪽 채널로 방향을 잡고 환초 경사면을 따라 수심 25미터쯤에서 유영하고 있다. 오리발 끝에 걸리는 묵직한 물의 저항을 밀어내며 열심히 뒤를 따랐다. 수심에 따라 해류의 방향이 바뀐다. 물속 지형에 따라 물살의 방향이 바뀐다. 다행히 웨이트를 무겁게 차 급상승은 없을 것 같다.

얼마쯤 지나고 물살의 흐름에 익숙해지자 시야가 열린다. 보지 못했던 물고기와 산호초가 눈에 들어온다. 물살의 흐름이 약해지는 구부러진 해저 골 안쪽으로는 내해에서는 보기 힘든 3미터 이상의 테이블 산호들이 군락을 이루어 피어 있고, 주위로는 환초 안쪽에서 보았던 열대어들보다 훨씬 크고 선명한 나비고기, 에인절피시, 깃대돔들이 산호 군락의 틈을 들락거리고 있다. 평탄한 해저면 군데군데 그냥 멋대로 생겨난 바위 산호가 있고 이를 지지대 삼아 둘레로 가지 산호와 부채 산호, 이름 알 수 없는 산호들이 한 덩어리씩 다투지 않고 각각 무리 지어 피어 있다. 두 사람이 찾아다니는 해면도 간간이 눈에 들어온다. 센터 앞바다에서 채집한 해면 외에 이곳 외해에서만 서식하는 종을 찾는다고 하는데 내 주제로는 그 종들을 구별해낼 도리가 없다. 노란 선인장처럼 생긴 해면, 젓가락처럼 얇은 가지로 뻗어나가 성긴 그물처럼 잔가지들을 늘어뜨린 해면, 달걀부침처럼 바위에 퍼질러 자리잡은 보라색 해면……. 고개 돌려 대양 쪽을 쳐다보니 검푸른 공간이 보인다. 생명보다 먼저 존재했고 그 이전과 이후까지의 생명을 품은 바다. 그 심연의 껍데기를 응시하는 것만으로도 나는 힘겹다.

땅 위에 사는 인간의 인지 능력으로는 표현할 길이 없는 깊디깊은 심연의 공간을 나는 바라본다. 원근감 없이 흔들리는 짙푸른 공간이 창공 같기도 하고 물속 같기도 하다. 몽환적이고 경외로운 풍경 앞에서 물살에 몸을 맡기고 기포만 뿜어올린다. 앞서가는 두 사람의 모습이 마치 달에 착륙한 우주인이 유영하는 것처럼 비현실적이다. 찾고 있던 해면을 발견했는지 그들은 테이블 산호와 브레인 산호가 섞여 자라는 군락 옆에 바짝 엎드려 사진을 찍은 다음 작업용 칼로 회색빛 해면을 잘라내 그물 망태기에 담는다. 나는 뒤편 흰 모랫바닥에 무릎을 꿇고 최대한 몸을 웅크리고 앉아 그들이 하는 일을 구경한다. 멀리서 다가오던 잭피시떼가 방향을 틀어 우리를 비껴간다.

©정무용

©정무용

자기들끼리의 세상_

깊은 곳으로 들어가자 올망졸망하던 산호들이 화려하게 피어난다. 역시 이전에 봐왔던 것들과는 전혀 다르게 현란한 색들로 펼쳐진 천혜의 산호밭이다. 세상에 존재한다는 800여 종의 산호들 중에 몇 종류나 내 눈앞에 있는지 알 수는 없지만, 온낭 섬 앞바다에는 세상의 모든 종류의 산호가 갖가지 모양으로 군락을 이루고 있는 것 같다. 가장 눈에 띄는 테이블 산호는 그 무리 중 가장 의연하다. 부처가 다시 세상에 온다면 그때는 분명 테이블 산호 위에 앉아 도를 얻고 해탈할 것만 같다. 표연히 줄기를 뻗어 의연히 존재하는 테이블 산호는 파도나 사람 손길이 닿아 부서질 때는 개체 전부가 한순간 몰락하고 마는 모란꽃 같은 산호다.

뿔 산호와 부채 산호, 가지 산호 등 일일이 명칭할 수 없을 만큼 다양한 산호가 무위하게 솟아나 얽히고설켜 성을 쌓고 있다. 갈색과 진한 남색, 파란색, 붉은색, 그리고 주황색 산호들이 일렁이는 물살을 투영한 빛기둥들과 어우러져 내 눈앞을 물들인다. 현란하고 요요한 산호 무리가 끝나는 수심 깊은 곳에 이르자 채널을 통해 흘러들어오는 대양의 물살을 버틸 수 있는 커다란 바위 산호들이 흰 모래밭에서 불쑥 튕

겨져나와 산호 군락의 경계선을 굳건히 지키고 있다. 오밀한 산호 무리보다 더 현란한 색의 열대어들이 서로를 희롱하며 무리 지었다 흩어진다. 조밀하게 솟아나 무위하게 엉켜 뻗어나간 내밀한 산호 군락 틈새로, 원색의 생명체들이 각각의 색을 오연하게 뽐내며, 바람에 날리는 버들가지처럼 유영한다. 정의할 수 없는 색으로, 하나의 무리가 되어, 자기들끼리의 세상을 펼치고 있다.

자맥질로 다가가 산호를 쪼고 있는 나비고기에게 손을 뻗어본다. 반응조차 없다가 내 손이 닿을 듯하면 그제서야 꼬리를 흔들어 다른 산호 가지로 옮겨간다. 물속에 흩어진 새끼손가락만한 파랑돔떼는 푸른 바닷속에서도 더 유별난 파란색을 띠고서 산호 틈을 헤집고 다니며 모였다 흩어지기를 반복하고 있다. 반복된 자맥질 탓에 심장이 빨리 뛴다. 서울변두리 출신인 나는 이곳에 오기 전까지 수영도 제대로 못하는 촌놈이었고 그래선지 여전히 바다가 두렵다. 자맥질 몇 번에 숨이 가쁜 것은 오랜 기간 흡연으로 인해 폐가 낡아버린 탓도 있지만, 그것보다는 물에 대한 두려움이 나를 압박해와서이다.

몸을 뒤집어 팔다리를 늘어뜨리고 하늘을 본다. 수직으로 내리꽂는 광선에 눈이 찌푸려진다. 눈가로 바닷물이 들어온다. 눈물이 날 것 같다. 숨을 가다듬고 시공을 잊는다.

나는 꿈을 꾸고 있는 것이다. 삼십팔 년의 세월과, 그곳과 이곳을 잇는 5천 킬로미터의 거리를, 그곳이 나를 잊었듯 나도 그곳을 잊는다. 바다에 누워 하늘을 향해 내 전부를 드러내놓고 피곤한 눈을 감는다. 다시 몸을 돌려 섬을 향해 수영한다. 바다에 들어올 때와 마찬가지로 낮은 바다에 이르러서는 산호밭을 살피고 모래밭을 골라 밟아 해안으로 나왔다.

갑자기 맑은 하늘에서 소나기가 내린다. 이쪽 하늘에서 저쪽 하늘까지 맑기만 한데 우리 머리 위에만 검은 구름이 하늘에 구멍이라도 뚫린 듯 모여 있다. 넋을 놓고 하늘만 바라보았다. 빗줄기가 삽시간에 굵어진다. 넓은 야자나무 잎에 떨어진 빗물이 모여 잎의 골을 따라 수돗물처럼 흘러내린다. 우리는 각자 물줄기가 많이 떨어지는 곳을 찾아 물줄기를 맞았다. 나는 얼른 비누 몇 개를 찾아와 이 박사와 박 선생에게 건넸다. 이 박사는 놀란 얼굴로 비누를 건네받아 대충 몸에 문지르고 머리도 감는다. 김 선생과 장 선생은 야외 생활에 많이 단련되어서인지 자연스럽게 샤워를 하고 있다. 마루안과 조판도 사흘 만에 샤워를 즐긴다. 소나기는 또 금세 그치고 우리는 말간 얼굴로 젖은 백사장에 모여앉아 커피를 마셨다.

아쿠아마린_

온낭에서 돌아온 후 이메일을 확인해보니 관상어 샘플을 보낸 몇 군데 회사 중 하나인 '아쿠아마린'으로부터 답신이 와 있다.

귀사가 보내준 샘플은 잘 받아보았습니다. 본사의 관계자들이 귀사의 샘플을 검토한 결과 색상, 관리 상태 및 포장, 운송 모두 양호한 것을 확인하였습니다.
그리고 귀사의 샘플에 대해 흥미로운 점이 있습니다. 본사가 알아본 바로는 귀사가 위치한 미크로네시아 연방공화국에서 지금까지 관상용 열대어가 외부로 수출된 적이 없고 또한 미크로네시아 공화국과 추크에 관한 정보가 제한적이며, 귀사에 관한 정보 또한 인터넷상에서 전혀 찾을 수 없으며, 샘플을 발송하기 전 가격과 본사가 원하는 종류나 규격에 관한 사전 문의나 확인이 없었다는 점에 대해 의구심과 동시에 호기심을 느끼고 있습니다.
귀사의 현황과 현지 사업 여건을 알아보기 위해 다음주 본사 인원이 현지로 출장을 가고자 하니 미팅 날짜와 장소를 정하여 답장 주시길 바랍니다.

나는 조금 어리둥절했다. 이 계통을 아는 사람이나 회사가 없어, 별생각 없이 인터넷 검색을 통해 몇 개의 회사에 관상어 몇 마리를 보내봤는데, 이렇게 정중하고도 한편으로는 사무적인 답장을 받았다.

조금 설렜다. 이 일이 잘되면 나도 이곳에서 나 혼자의 힘으로 무엇인가를 할 수 있겠다는 기대와 두서없이 떠오르는 여러 생각들로 마음이 어지러웠다.

어두운 바다 위에 잘게 부서진 달빛이 지나고_

오후에 포노 섬에서 돌아와 혹시나 하는 마음에 주인집 전화선을 노트북에 연결해 메일을 확인해보니 아쿠아마린으로부터 다시 답장이 와 있다. 메일이 열리는 단 몇 분이 길게 느껴진다.

자기들 회사의 출장 경비 문제나 여기까지 오기에 불편한 여정은 신경쓰지 말고, 예정된 날짜에 도착할 테니 괜찮다면 호텔 예약과 공항에 마중나와 있기를 부탁한다는 내용의 답장이었다. 작은 노트북 화면을 아무 생각 없이 응시하다가 담배 한 대를 피우고 나서 트럭스톱 호텔에 전화하여 렌터카 한 대와 전망 좋은 방 하나를 트윈 베드로 예약했다.

여러 갈래의 마음을 정리하려고 마당에 나섰다. 길 건너 해안가 모래밭에서 학교 수업을 마치고 돌아온 사내아이들이 야자나무를 오르내리며 바다로 뛰어들고 있었다. 아이들이 모래밭에서 서로를 붙잡아 넘어뜨리는 소리가 늦은 오후 조용한 동네에 울려퍼진다. 주인집은 이 시간이면 늘 그렇듯 빈집처럼 적막하고 아들 부부가 사는 별채도 꼬마들이 놀러 나갔는지 인기척이 없다. 나는 현관 앞에 내놓은 주인집 부부의 전용 의자에 앉아 뜨거운 오후 햇살에 생기를 잃은 잔디밭과 붉은 꽃들을 바라보며, 앞으로 준비해야 할 여러 가지 일들을 생각했다.

아침에 일어나 여벌의 옷을 챙기고 열대어 도감도 챙겼다. 베네딕 집에서 머물 계획이라 집주인 부부에게 다음날 돌아오겠다고 얘기하고 집을 나왔다. 부둣가 옆에 있는 구멍가게에 들러 포노 섬 꼬마들에게 줄 사탕과 과자를 챙겼다. 아침 일찍부터 부둣가에 도착해 나를 기다리던 안쏘와 포노 섬으로 향했다. 포노 섬 아이들 대부분이 학교에 가 있는 오전 시간이라 햇살 가득한 선착장 나무 그늘 아래에선 어린 꼬마들만 몇몇이 놀고 있다. 준비해간 사탕과 과자를 아이들에게 나누어주고 베네딕 집에 도착하니 베네딕은 벌써 창고에서 다이빙 장비와 채집 도구들을 꺼내놓고 우리를 기다리고 있었다. 내가 가져간 열대어 도감을 펼쳐보더니 안쏘가 먼저 아는 체를 했다.

"킴, 이 고기는 섬 앞에 많이 있고, 이 고기는 밤에 나가야 잡을 수 있어. 그리고 이 고기는 외해에 많이 있는데……"

"고맙다, 안쏘. 근데 오늘은 밤에 어떻게 고기를 잡는지 보고 싶어서 나가자는 거니까 가까운 데로 가자."

나와 베네딕, 안쏘가 배에 오르자 일을 도와주러 온 동료 하르와 코페는 달빛에 의지해 산호 암초들을 피해 미로 같은 뱃길을 더듬어 배를 밀고 나갔다. 평소에는 베네딕 집 마당에서 내려다보이던 가까운 산호밭이지만 조각배에 앉아 뱃전에 찰랑이는 물소리를 들으며 야간 물질을 하러 가는 길은 멀게만 느껴진다. 천천히 전진하는 조각배 뒤로 포노섬 여느 집의 희미한 저녁 불빛들이 나뭇잎에 가려졌다 드러나기를 반복하며 깜박인다. 밤바다와 밤하늘은 정적에 잠겨 고요하고 대양의 너울이 멀리 환초 대에 부딪혀 부서지는 파도 소리만 어두운 바다 가득히 들려온다. 어두운 바다 위에 잘게 부서진 달빛 조각들을 제치고 나가던 배는 수면 위로 포말이 이는 산호 지대에 도착해 닻을 내렸다. 나와 안쏘, 하르가 다이빙 장비를 착용했다. 그리고 작업은 수월했다.

"킴, 거봐. 내 말이 맞지. 네가 말만 하면 어떤 고기라도 잡아올 수 있어."

"그래. 밤에는 쉽게 잡네. 근데 지난번 낮엔 왜 그렇게 힘들게 잡았던 거야?"

"그때는 네가 산호를 부수지 말고 잡으라 하니까 못 잡았지. 낮에 고기를 산 채로 잡으려면 산호를 부수지 않고는 힘들어."

"그럼 앞으로 고기를 잡으려면 야간 다이빙을 해야 해? 밤에 다이빙하는 거 위험하지 않아?"

나는 베네딕을 쳐다본다. 베네딕은 말없이 빙긋 웃는다.

안쏘가 계속 얘기한다.

“위험한 건 없고 밤에 고기를 잡으려면 건전지가 많이 필요한데, 그게 비싸.”

“안쏘, 건전지는 걱정 마. 네가 필요한 만큼 언제든지 사다 줄게.”

“건전지 정말 비싼데.”

나는 웃으며 커피잔에 보드카를 따라 안쏘에게 건네주었다.

관상어 시장 1_

하루에 한 번 비행기가 도착하는 추크 국제공항은 한가한 현지인들로 언제나 붐빈다. 마땅한 휴게시설이 있는 것도 아닌 발권과 출국을 겸하는 좁은 대합실에는 의자도 턱없이 부족해 도착하는 승객들의 가족과 친지, 그리고 관광객을 마중나온 호텔 직원들로 발 디딜 틈이 없다. 하루에 한 번 들어오는 비행기는 아침에 괌에서 출발해 추크에 도착 후 폰페이나 마셜, 하와이로 다시 출발하는 완행 시스템을 갖추고 있다. 반대로는 하와이에서 출발한 비행기가 추크를 경유한다. 그리고 다시 괌으로 가는 격일제 일정이다.

붐비는 대합실에서 나와 공항 앞 잔디밭에 서서 담배를 피우며 아쿠아마린의 대표와 팀장을 기다렸다. 보통의 승객들은 괌에서 볼일을 마치고 돌아오는 현지인과 다이빙 장비를 잔뜩 가져온 백인들, 드물게 찾아오는 일본 다이버들, 그리고 전쟁의 잔재를 보러온 나이든 일본 관광객으로 뒤섞여 있다. 한국 사람으로 보이는 사십대 남자와 삼십대 남자 일행이 모습을 드러냈다.

"저! 혹시 아쿠아마린에서 오신 분들인가요?"

중고 승용차의 에어컨을 최대한 틀고 두 사람을 태워 호텔로 가는 동안 차체 바닥에서 삐거덕거리는 소리와 낡은 시트가 신경쓰였다. 승용차 뒷자리에 앉은 정 사장과 이 팀장은 관광지의 정취라고는 전혀 없는 열대지방의 남루한 시내 풍경을 바라보았다. 뜨거운 태양에 뜨겁게 달궈진 시내를 십 분쯤 달려 호텔에 도착했다. 그리고 반바지와 편한 티셔츠로 갈아입고 식사를 하러 내려왔다.

그들은 본격적으로 내게 물었다. 관상어에 대해 잘 모르면서 어떤 생각으로 무작정 물건부터 보냈는지 궁금해했다. 이 팀장이 나를 빤히 쳐다본다. 나는 무슨 말을 해야 할지 망설여진다. 결국 다시 한번 장황하게 내 상황을 얘기할 수밖에 없다. 별생각 없이 이곳에 오게 되었고 파트너의 죽음으로 하던 일을 접고 한국으로 돌아갈까 고민하다가 역시 별생각 없이 이곳에 남았고, 역시 별생각 없이 먹고살 궁리 끝에 관상어 사업을 시작했다는 걸 가감 없이 얘기했다. 정 사장이 나를 똑바로 쳐다보며 묻는다.

"김 사장님은 관상어를 좀 아십니까?"

당혹스러운 질문에 사실대로 얘기한다.

"말씀드렸지만 잘 모릅니다. 그냥 여기서 먹고살 만한 게 관상어 수출일 것 같아 무작정 시작해봤습니다."

"김 사장님이 사업적 감각이 있는 것 같네요. 맞아요. 가능성이 있어요. 물론 좀더 알아봐야겠지만 내 생각으론 충분히 돈이 될 것 같아요. 어디 김 사장 사업 계획이나 들어봅시다. 어떤 생각을 갖고 있는지?"

다시 당혹스럽다. 또 사실대로 얘기하겠지만서도 등에서 땀이 흐른다.

"죄송합니다. 얘기했지만 별다른 계획이나 생각은 없습니다."

다시 정 사장은 나를 뚫어지게 쳐다본다. 그리고 이 팀장을 쳐다본다. 이 팀장은 말없이 앉아 있다.

"그럼 이렇게 합시다. 먼저 여기 생물 상태를 보고 특별히 하자가 없으면 우리 회사하고 계약합시다. 김 사장 얼굴을 보니 둘 중에 하나 같은데요. 아무 생각 없는 순진한 사람이든지, 아니면 사업 수단이 굉장히 좋든지…… 그건 시간이 지나면 알게 되겠죠?"

정 사장이 방으로 올라간 후 나와 이 팀장은 야외 테이블로 자리를 옮겼다. 이 팀장이 먼저 관상어 시장의 대략적인 상황을 설명해주었다. 현재 국내 관상어 시장에서 유통되는 고기들은 대부분 필리핀에서 수입되는데 필리핀산은 하와이나 독일산 열대어 가격의 5분의 1 정도이고 대신 품질이 떨어진다고 했다. 품질이 떨어진다는 것은 현지에서 국내로 운송 도중에 많은 개체들이 죽고 한국에 도착해서도 많은 물고기들이 적응을 못하고 며칠 내로 죽는다는 것이다. 그래서 관상어를 아는 사람들은 비싸더라도 필리핀산보다 하와이나 독일에서 들여온 물고기들을 찾는다고 한다. 그것은 물고기의 특성이 아니라 현지에서 관상어를 채집할 때 약품(거의 독약에 가까운 수준)을 사용하느냐 않느냐의 차이이며, 채집하는 과정에서 물고기의 외관에 상처를 얼마나 내지 않느냐의 차이이기도 하며, 또 수족관에서 순치하는 과정의 차이라고 한다. 그래서 내가 보낸 물고기를 받아봤을 때 한 마리도 죽지 않고 살아 있어 조금 놀랐다고 한다. 그러면서 이 팀장은 어떻게 채집하고 순치했는지를 물었다.

나는 뭘 알아서 한 건 아니고 현지인들이 산호밭에서 채집망으로 조심스럽게 포획하고, 아직 수족관이 없어 낮은 바다에 그물을 설치해 산호와 물고기를 함께 넣어두었다고 답했다. 또 낮에는 야자나무 잎을 잘라다 그물 위에 덮어 그늘을 만들어주고, 연구센터에서 먹이를 몇 포대 얻어다 하루에 몇 번씩 주었다고도 설명했다. 이 팀장은 내 얘기를 듣더니 잘했다고 해주었다. 생물은 정성을 들이면 들인 만큼 값을 한다고 했다. 현재 관상어 시장의 공급자가 한정돼 있는데 이곳 추크에서 관상어가 수출되면 희소성 때문에 주목받을 것이며, 이곳에서 한국까지의 운송료가 비싸긴 하지만 이곳만의 특색 있는 물고기를 찾는다면 충분히 사업성이 있을 거라고도 얘기했다.

점점 기분이 좋아졌다. 무언가 될 것 같은 기대감이 들었다. 이 팀장은 아쿠아마린은 관상어 시장이 척박한 한국에서 무엇인가를 이루어보려고 시작한 회사라, 지금보다는 앞으로의 사업성을 보고 있으니 나만 괜찮으면 한번 같이해보자고 했다. 나는 알았다고 했다.

다음날 아침, 나와 안쏘는 호텔 선착장에 배를 대고 정 사장과 이 팀장을 기다렸다. 그들을 한결 편안한 얼굴로 가벼운 옷차림을 하고 왔다. 안쏘는 내게 묻는다.

"킴, 저 사람 둘이 한국에서 온 사람들이야?"

"응. 저기 조금 마르고 키가 큰 사람이 사장이고 옆에 있는 사람이 직원이야."

안쏘는 내 말을 듣자마자 두 사람에게로 쏜살같이 달려가 작은 손가방을 받아들며 유일하게 알고 있는 한국말로 인사를 한다.

"안녕하셔요!"

정 사장은 의외인 듯 놀란다.

"자주 한국 드라마를 봐서 인사 정도를 아는 거지. 한국말은 모릅니다."

"여기 사람들도 한국 드라마를 좋아합니까?"

"예. 여기 사람들 정서가 우리하고 비슷하고, 또 가족끼리 모여서 함께 보기에는 한국 드라마가 무난해서 현지인들한테 인기가 좋습니다."

"허허, 하여간 기분좋네요."

우리는 40마력의 작은 배로 잔잔한 푸른 바다를 헤치며 폴로 섬 옆 무인도를 향해 갔다. 섬에 도착하니 이미 베네딕 식구들과 루이사, 제레미스가 바비큐를 준비하고 있다. 정 사장과 이 팀장을 야자나무 그늘 아래 깔아놓은 돗자리로 안내하고 맥주 한 캔씩을 건네주었다. 두 사람은 뜨거운 날씨에 목이 말랐는지 맥주를 단번에 비운다. 준비한 수경과 오리발을 두 사람에게 건네자 이 팀장이 어색하게 웃으며 말한다.

"저는 수영을 못합니다. 그냥 구경만 할 테니 신경쓰지 마세요. 사장님이나 부탁합니다."

의외였다. 관상어 사업을 하는, 그것도 다부진 체격의 남자가 수영을 못한다니. 베네딕은 저쪽 야자나무 아래에서 안쏘와 맥주를 마시며 이쪽은 신경도 안 쓴다. 나는 베네딕을 동업자라 소개했고, 이곳에서 그의 사회적 위치나 성품에 대해 말했으나 그들은 별생각 없이 듣는다. 나도 굳이 베네딕에 대해 설명하기 번거로워 그 정도로 넘어갔다. 정 사장은 수영복만 걸친 채 용감하게 일어선다.

"그렇게 입고 수영하면 오늘밤 고생하십니다. 윗도리는 긴팔을 입으시고 모자도 쓰고 수영하시죠."

"김 사장, 걱정하지 말아요. 썬블록 크림도 발랐는데."

정 사장은 씩씩하게 걸어서 바다로 들어간다. 나와 안쏘도 정 사장을 따라 들어갔다.

“김 사장! 물이 완전히 온탕인데, 물색도 이쁘고!”

그리고 정 사장은 깊은 바다로 수영해 들어간다. 나와 안쏘는 정 사장 양쪽에 붙어 산호밭으로 방향을 잡아 수영했다. 환한 모래밭에는 무채색의 모래무지와 송사리들이 왔다 갔다한다. 산호밭에 이르자 화려한 산호들과 더 화려한 빛깔의 물고기들이 유영하고 있다. 정 사장은 얼굴을 바닷속에 묻고 정신없이 물고기들을 보고 있다. 나와 안쏘는 무료하게 정 사장 옆을 지켰다. 뜨거운 한낮의 태양이 우리의 목덜미와 등짝, 허벅지 뒤쪽으로 쏟아져내렸다. 한 시간 가까이 물속에서 놀다보니 루이사가 우리를 부른다. 나는 정 사장에게 점심 준비가 다 된 것 같으니 이만 나가자고 했다. 우리는 야자나무 그늘 아래 모여 새까맣게 태운 닭다리 바비큐에 콜라를 곁들여 먹었다. 점심을 마치고 정 사장도 피곤했는지 맥주 한 캔을 들고 야자나무 그늘 아래 퍼질러 앉았다. 정 사장은 수평선의 경계가 모호한 먼 곳을 보고 말했다.

“여기가 바로 천국이다. 좋은 데서 사네. 부럽다.”

“사장님, 천국은 사는 사람들에게는 이미 천국이 아닙니다. 그냥 일상일 뿐이죠. 천국은 나그네들이나 느낄 수 있는 거겠죠.”

“그런가. 김 사장 말이 맞을지도 모르겠네. 그래, 천국은 나그네들만 느낄 수 있겠지. 그러면 김 사장은 나그네가 아니라는 말인가?”

나는 말문이 막힌다. 나는 이곳에서 어떤 사람인가. 뿌리를 내린 사람인가. 이곳 사람들처럼 나보다는 우리를, 내일보다는 오늘을 더 소중히 생각할 수 있는 사람인가. 모르겠다. 그래서 그냥 모르겠다고 대답했다. 나는 아직도, 앞으로도, 이곳과 하나가 될 수 없다. 이미 내 몸에 새겨진 기억과 추억들은 그 먼 곳에서, 내가 떠내려온 곳에서 겪고 간직한 기억들밖에 없으니까. 이곳에서의 시간은 그곳의 시간과 기억들을 잊기 위한 것이었으니까. 그러니 그냥 힘없이 나는 잘 모르겠다고 대답할 수밖에.

"김 사장. 내가 여기 물고기들을 보니까 다른 데 물고기와 특별히 다른 점은 없는 것 같아. 오히려 물고기 종류는 필리핀이나 인도네시아보다 못한 것 같고. 근데 에인절피시가 많네. 에인절피시가 비싼 물고긴데, 나비고기만큼 흔하게 있네. 그리고 물고기들이 크고."

"에인절피시는 얼마나 비쌉니까? 저 보기에는 오히려 깃대돔이 더 예쁘던데요."

"아름다움은 주관적인 거고. 물론 요즘은 아름다운 것도 유행을 따르니까. 시장에서는 절대가치보다는 희소성을 우선하지. 그리고 에인절피시가 일반적인 물고기보다 대여섯 배 비싸. 근데 비싸니까 수요가 적고. 그렇지만 그건 내 문제고. 김 사장이 어떻게 받아들일지 모르겠지만 그냥 얘기할게. 여기가 분명 가능성은 있어. 근데 가능성을 만들기까지 시간이 걸려. 인지도도 전혀 없고. 또 지금 당장 특출난 것도 눈에 안 띄고. 문제는 지속적으로 상품을 소비자들에게 소개해서 여기 고기가 특별하다는 것을 알려야 하는데. 시간이 걸리지. 돈 생각 말고 일 년만 나한테 물건을 공급해. 그럼 내가 일 년 동안 어떻게 해서든지 가격을 맞춰놓을게. 물론 내가 거저먹겠다는 건 아니고 경비는 지불하지. 어때?"

정 사장은 나를 정면으로 쳐다본다.

"예. 저도 당장 이걸로 돈 벌 생각은 안 했습니다. 그냥 소일거리로 하면서 생활비나 벌면 충분합니다."

"그래, 그럼 이렇게 하지. 한 달에 에인절피시 50마리를 정기적으로 보내. 거기다 깃대돔은 큰 놈으로 열 마리씩 보내고. 그럼 한 달 총매출액이 운송비 제하고 한 4천 달러는 되니 어떻게든 버틸 수는 있을 거야. 내가 일 년 안에 방법을 만들게."

한 달에 4천 달러면 제반 경비를 제하고 2천 달러는 남을 것 같다. 어차피 한 달에 1천 달러만 있으면 충분히 살 수 있으니까. 베네딕만 욕심 안 내면 충분히 꾸려나갈 수 있는 액수다.

"예, 그렇게 하겠습니다. 하다보면 좋은 날도 있겠지요."

"그래, 서로 믿고 해보자고. 그리고 어차피 여기 물고기는 일반 소비자에게 판매하기에는 무리가 있어. 고기가 커서 일반 가정집 수조에는 안 어울리고, 결국 대형 수족관에 납품을 해야 하는데, 요즘은 관공서나 큰 건물 로비에 수족관들을 많이 설치하니까 잘만 하면 일 년이 안 걸릴 수도 있어. 한번 해보자고."

나는 아이스박스에서 맥주 한 캔을 꺼내 정 사장에게 건넸다. 정 사장은 먼바다를 쳐다보며 내게 묻는다.

"김 사장! 그거 알아? 물고기는 색을 구별 못한다는 거?"

"예. 여기 연구센터에 근무하는 박사님들에게 들었습니다. 물고기 눈에는 추상체라는 것이 없어서 색을 구별 못한다고……."

"근데 우습지 않아? 지들은 색깔도 구별 못하는데 왜 형형색색 몸을 치장하는지. 그냥 흰색에서 검은색으로 명암으로 치장하면 간단한데. 이상하지 않아? 나는 관상어 사업을 시작하면서 이게 제일 궁금했어. 김 사장은 어떻게 생각해?"

"글쎄요, 먹이 때문 아닐까요? 물고기에 따라 먹는 게 다 다르니까?"

"그럼 똑같은 먹이를 먹는 놈들은 다 색깔이 같아야지. 어항에 여러 종류의 고기를 넣어놓고 대부분 같은 먹이를 주는데 그럼 그놈들은 색깔이 같아져야지. 새끼에 새끼를 쳐 여러 세대를 같은 먹이를 주고 키워도 기본적인 색깔은 안 변해. 신기하지 않아? 오랫동안 생각해봤는데, 색상이라는 게 인간의 주관적인 관념인 것 같아. 사실은 이 세상에 색깔은 우리가 볼 수 없이 무궁무진한데 인간이 알고 있는 것만으로 색상을 한계 지어놓는 거지. 우리는 우리가 모르는 것들을 인정 안 하니까 물고기들의 색깔을 이해 못하는 것일 수도 있어. 물고기가 추상체가 없어서 색깔을 구별 못한다는 것은 인간의 생각이지. 물고기들이 자신들은 추상체가 없어서 색상을 구별 못한다고 말할 순 없잖아. 물고기들은 냄새로 색상을 구별하는지 누가 알아? 아니면 초음파를 사용해서 인간보다 더 세밀하게 색깔을 구별해내는지도 모르잖아? 하여간 물고기들이 색상을 구별하지 못하는데 그렇게 형형색색의 무늬로 치장한다는 것은 이치에 안 맞지."

"말씀을 듣고 보니 그것도 일리가 있네요."

"그래! 김 사장도 그렇게 생각하지? 그거 아니면 설명이 안 돼."

정 사장의 신경질적인 얼굴에 천진난만한 미소가 지나간다. 그래. 원래 인간이라는 게 편협하고 이기적인 존재 아니었던가. 내가 모르는 것에 대해 의문을 표하는 것조차 용납하지 않는 어리석은 존재. 그러면서도 가끔 위대한 인간이 나타나 세상을 진동시키는 진리를 발견해 세상을 한순간에 바꾸어버리면, 또 그 진리를 건전한 비판조차 없이 맹목적으로 추종하는 어리석은 존재. 그래서 물고기들의 갖가지 색깔이 갖는 의미도 모르면서 그저 예쁘다는 이유만으로 수족관에 담아놓고 바라만 보는 어리석은 존재. 정 사장과 얘기를 하다보니 자꾸만 생각에 그림자가 생기면서 복잡해진다. 바다는 어제와 마찬가지로 잔잔하고 푸른데, 물고기들은 여전히 알록달록하기만 한데.

그들이 한국으로 돌아간 후 조금은 바빠졌다. 일주일에 하루이틀은 베네딕과 안쏘, 그리고 하르와 코페가 물고기 채집 가는 것을 뒷바라지하고(그래봤자 건전지와 커피, 담배, 기름을 사러 시내에 나갔다 오는 일이 전부이지만), 한 달에 두 번 정도 아쿠아마린으로 물고기를 보내기 위해 공항에 다녀왔다. 그리고 가끔 점심때 시간을 맞춰 연구센터에 가서 별로 중요하지 않은 추크 정부 현황과 현지 소식을 전하며 밥을 얻어먹었다. 그리고 일요일이면 이 동네의 추장이자 집주인인 헬메스와 안주인의 탐탁지 않은 눈초리를 받으며 세비어 고등학교 내에 있는 성당에 다녀왔다.

우돗 섬의 취임식_

오늘은 우돗 섬의 새로운 추장 취임식이 있는 날이다. 우돗 섬은 본섬인 웨노 섬에서 남쪽으로 20킬로미터 떨어진, 인구가 300명쯤 되는 추크 환초 내 작은 유인도이다.

멀리 보이는 우돗 섬 부둣가에는 이미 많은 배들이 정박해 있고 또 많은 배들이 선착장으로 들어서고 있다. 라군프라이드는 현지인들 배보다 큰 편이라 조심스럽게 작은 배들의 사이를 헤치고 적당한 자리를 찾아 닻을 내렸다. 어느새 안쏘가 작은 배를 우리 옆에 댄다. 우리는 작은 배로 옮겨 타고 우돗 섬 부둣가에 내렸다. 부둣가에는 흰 와이셔츠와 검은 바지를 입은 현지인 신사들과 화려한 꽃무늬 원피스를 입은 풍만한 여인네들로 붐빈다. 부둣가 주변에서부터 행사장 입구까지 야자나무 잎으로 여러 문양을 만들어 장식한 긴 띠들로 치장되어 있다. 새로 취임하는 추장의 친인척 처녀들이 행사장에 들어서는 모든 사람들에게 꽃목걸이와 화관을 일일이 걸어준다. 붉은색 꽃과 흰 꽃으로 모양을 내고 두 색깔의 꽃 사이사이에 옅은 녹색의 어린 나뭇잎을 섞어 특유의 짙은 향기가 난다. 비록 하루만 지나면 꽃잎이 시들고 향기도 다하겠지만 오늘 이 순간만큼은 세상의 그 어떤 보석으로 만든 목걸이보다 더 화려하고 귀한 꽃목걸이다.

우리도 화려한 치마가 잘 어울리는 눈이 큰 여자아이에게 진한 꽃내음이 나는 목걸이를 받아 걸고 행사장으로 들어섰다. 행사장 주변은 온통 야자나무 잎과 화려한 꽃들로 정성스럽게 꾸며져 있다. 아마 행사장을 꾸미기 위해 이 섬 주민들은 거의 밤을 새웠을 것이다.

입구 한쪽에서는 목마른 손님들을 위해 코코넛을 나누어 준다. 나도 목이 마른 참이라 코코넛 한 개를 받아 마셨다. 유난히 맛이 좋다. 동네 꼬마들이 밀림 속으로 들어가 높은 나무에서 따왔으리라. 야자나무는 서식지에 따라 맛의 차이가 크다. 해변가에서 자라는 코코넛은 조금 찝찝한 맛이 나고 산에서 자라는 코코넛은 톡 쏘는 시원한 맛이 난다. 더구나 비가 적은 시기에 딴 코코넛은 아주 달다. 취임식 행사가 진행되는 이 섬의 하나뿐인 초등학교 운동장에는 많은 사람들이 각 부족별로 모여 취임식에서 선보일 춤과 노래를 연습하고 있고, 정부 고위 관리와 지체 높은 남자들은 서로에게 안부를 물으며 자신의 지위를 과시하느라 바쁘다. 꼬마들은 얌전히 자리를 지키고 있으라는 부모들의 눈초리를 아랑곳하지 않고 사람들 사이를 헤치고 다니며 흥겹다. 많은 사람들이 흥분된 마음으로 행사가 얼른 시작되기를 기다리며 웃고 떠든다.

행사의 시작을 알리는 안내 방송이 있자 사람들은 각자

정해진 자리에 앉았다. 곧이어 사회자가 행사의 의미와 중요성을 설명하고 자리에 참석한 지체 높은 양반들을 소개했다. 그리고 지루할 정도로 긴 기도를 올렸다. 뒤이어 새로운 추장을 추앙하는 각 부족 대표들의 연설과 축하공연이 이어졌다. 각 섬의 젊은 남녀들의 노래와 춤은 힘차고 아름다웠다. 처녀들은 화려한 무늬가 새겨진 천(현지인들이 '나파나팔'이라 부르는)을 두르고 가슴을 거의 드러낸 채 현란한 손동작과 나긋나긋한 몸짓으로 격정적인 춤을 추고, 총각들은 건장한 상체를 드러내고 천을 둘둘 말아 하체만을 겨우 가린 채 한 손으론 작대기를 절도 있게 휘두르며 처녀들의 춤사위에 장단을 맞춘다.

단상 중앙 귀빈석에 앉은 베네딕은 언제나 그렇듯 무표정이다. 축사와 축하무대가 연이어 진행되는 가운데 차례를 맞은 부족들은 신임 추장에게 바치는 갖가지 선물을 추장이 앉아 있는 단상 앞에 산더미처럼 쌓아놓는다. 빵나무 열매와 타로, 타피오카, 바나나, 아이스박스에 담은 물고기들, 두루마리 옷감, 통돼지 바비큐, 쌀과 통조림, 커피 등 갖가지 선물들이 축하공연이 무르익어갈수록 높게 쌓인다. 행사가 절정에 이르렀을 즈음 신임 추장이 취임 인사를 한다. 현지어를 잘 알아듣지 못하지만 대충 들리는 소리는 추장으로 추대된 것에 대해 감사하며 부족의 안녕을 위해 열심히 임무를 다할 것이며, 나아가 우돗 섬 주민들과 합심하여 추크의 모든 주민들의 평화롭고 안정된 삶에 기여하겠다는 듯하다. 커다란 박수와 함성으로 신임 추장의 연설이 끝나고 베네딕이 소개되었다. 운동장 전체에 가득했던 흥분과 소란은 순식간에 가라앉고 운동장 뒤쪽에서 서성이던 사람들은 움직임을 멈춘다. 뒤쪽에서 뛰놀던 아이들도 갑자기 찾아든 적막에 놀라 단상 쪽만 바라본다.

베네딕은 장내 분위기는 아랑곳하지 않고 웅얼대는 나직한 목소리로 짧게 연설을 했다. 베네딕의 연설이 끝난 뒤 포울랍 섬 주민들의 축하공연이 이어진다. 일반적으로는 베네딕이 포노 섬 출신이니 축하무대도 포노 섬 주민들이 해야 하는데 어찌된 일인지 포울랍 섬 사람들이 무대를 꾸민다. 포울랍 섬은 추크의 여러 섬 중에서 전통을 가장 잘 보존하고, 사람들이 옛날의 생활 방식 그대로 살고 있는 곳이다. 그 섬 주민들은 아직도 현지 전통 카누를 제작하여 낚시에 사용하며, 대양을 항해할 수 있는 범선 '와사레스'을 제작할 수 있는 유일한 사람들이다.

포울랍 섬의 처녀들은 가슴을 드러낸 채 화려한 화관과 꽃목걸이로 치장을 하고 야자나무 잎으로 만든 치마를 걸쳤고, 팔뚝과 가슴에 여러 문신을 한 남자들은 아랫도리만 겨우 가린 채 춤을 추었다. 그들의 춤은 더욱 격렬했고 비장했다. 사내들이 내지르는 함성은 넓은 운동장으로 퍼져나갔고 처녀들의 춤사위는 사내들의 함성과 발 구르는 소리, 막대기와 막대기가 부딪히는 둔탁한 소리에 맞춰 끊어지고 이어졌다. 모두의 숨을 죽일 만큼 압도적인 공연이었다.

어려운 기교와 추상의 개념을 배제하고 단순한 선과 선정성을 바탕으로 한 힘있는 동작으로 표현하는 간결한 이야기에 나는 몰입됐다. 나이든 여자는 나이든 대로 풍만함과 부드러움으로, 처녀들은 때로는 넘치게 때로는 도도하게, 소녀들은 부끄러운 열정을 수줍게 갈무리하고 있었다. 꼿꼿한 가슴과 엉덩이를 리듬에 맞춰 격렬히 흔드는데, 순수하면서도 농염의 기운이 가득했다.

절정으로 치닫던 춤은 사내들의 짧은 외침과 힘찬 발장단과 함께 끝났고 박수와 함성이 터지면서 분위기는 다시 흥겨워졌다.

©정무용

GREAT
TASTE

이른 아침부터 베네딕 집은 부산하다. 크리스마스 케이크 대신 닭다리 바비큐와 현지 음식을 준비하느라 모든 식구들이 바쁘다. 안쏘와 동네 사내아이 둘은 장작에 불을 지펴 빵나무를 삶고 타로와 타피오카를 손질한다. 데리안과 낯선 처녀는 동네 사람들에게 받은 생선을 요리하고, 멜린과 게티는 팬케이크를 만들고 있다. 베네딕도 안쏘 옆에서 열매 손질을 도와주고 있다.

어차피 음식하는 데 아무 도움도 안 되는 것이 미안해서 슬그머니 떨어져나와 마당 탁자에 앉았다. 늦게 일어나 물 한 모금 못 마신 입은 꺼칠하다. 이른 아침이지만 햇살은 충만해 내가 앉아 있는 야자나무 그늘에 충분한 음영을 드리운다. 맥없이 앉아 언덕 아래 멋대로 반짝이는 아침 바다를 바라본다. 누군가 탁자 위에 커피가 가득 담긴 머그잔과 팬케이크를 내려놓는다. 고개를 돌리니 햇살이 강렬하게 비추어 얼굴이 보이지 않는다. 데리안인 것 같아 어색한 미소를 지으며 고맙다고 했지만 커다란 눈을 살짝 내리고 웃으며 돌아서는 건 낯선 처녀였다. 그녀가 돌아서는 순간 팔랑이는 치맛자락에서 짙은 꽃내음이 난다. 그녀가 햇살 속으로 걸어갈 때 치맛자락에 새겨진 화려한 꽃들이 흔들리며 피어나는 것만 같다.

푸짐하게 준비한 음식들을 교회와 마을회관으로 가져갔다. 데리안과 두 딸, 낯선 처녀도 가장 좋은 옷에 새 샌들을 신고 머리는 꽃으로 치장하고 교회로 가서 베네딕 집은 다시 고요하다. 이른 저녁이지만 일찌감치 크리스마스 꼬마전구들이 환한 저녁에 환한 언덕길을 밝히고 있다. 하는 일 없이 한낮을 보내니 하루가 몽롱하다.

베네딕도 낮에 음식 준비를 돕느라 피곤한지 방 안으로 들어가 마당엔 나 혼자다. 온 섬사람들은 교회에 모여 자정 예배를 위한 교회 안팎 치장이 한창일 것이다. 나는 혼자 앉아 맑지 않은 정신으로 내년에는 관상어 사업이 좀더 잘되기를 바라며 여러 가지 궁리를 하고, 채 정리되지 않은 팔 년의 세월을 돌아보았다. 오늘 하루 간간이 낯선 처녀에게 느꼈던 감정은 아무것도 아님을 다시 알고 안심하기도 했다. 그저 내 방이 아닌 베네딕 집에서 하룻밤을 지내고 일어난 탓에 어색하고 불편한, 더구나 잠도 설친 터라 정신이 산만해져 잠시 이런저런 생각에 나 자신을 복잡하게 만든 것뿐임을 잘 안다. 의자에 앉아 조용한 늦은 오후의 게으름을 만끽하자.

안채에서 나온 베네딕이 말없이 내 앞에 앉아 마리화나를 꺼내 문다. 나도 따라 피운다. 노을을 마주보고 앉은 베네딕의 얼굴에 붉은빛이 굴곡을 만들어낸다. 언제 봐도 속을 알 수 없는 거친 질감의 얼굴에서는 세월만이 느껴진다.

"킴, 배고프니?"

"아니, 종일 이것저것 먹었더니 밥 생각이 없어, 너는?"

"다 잘될 거야. 걱정한다고 세상일이 변하는 것도 아니고."

맥락을 건너뛰는 대화가 불편하지 않다.

"걱정 안 해. 그냥 한가하니까 이런 생각 저런 생각하는 거지. 그런데 베네딕, 너는 행복하니?"

베네딕의 큰 눈이 살짝 움직인다.

"아니, 오늘 네가 식구들하고 같이 음식 준비하는 모습을 보니까 좋아 보여서."

"행복이라는 것이 불행하지 않아 행복한 것이라면 나는 불행하지 않으니까 행복한 거겠지. 그리고…… 너는 처음 봤겠지만 코럴은 내가 아끼는 조카다. 좋은 여자아이야."

당황스럽다. 낯선 처녀가 베네딕의 조카임을 직감적으로 알았다. 왜 뜬금없이 조카 얘기를 하는지, 얼른 말을 잇는다.

"나도 자꾸 나이가 드니까 내가 뭣 때문에 사는지, 어떻게 살아야 하는지, 잘 살고 있는지…… 그런 생각이 들어서."

베네딕이 마리화나 한 대를 말아 불을 붙여 깊이 한 모금 들이마신다. 나도 건네받아 깊이 한 모금 들이마신다. 서로 주고받으며 한 대를 다 피우자 유리창에 낀 성에처럼 내 안에 날 서 있던 신경조직이 켜켜이 번지면서 그 위로 봄비가 내리는 것 같다. 그 봄비에 성에 같던 것들이 녹아내린다. 호흡이 낮아지고 길어진다. 베네딕 얼굴에 물든 노을이 내게도 옮겨붙는다.

"행복이라…… 내가 왜 이 자리에 있는지를 알고, 내가 지금 이 자리에 있다는 것에 대해 만족하는 것? 글쎄, 킴, 너는 행복하니?"

조금씩 가라앉고 있는 나는 노을에 물든 저녁 바다를 바라보며 그의 물음에 진심으로 대답했다.

"잘 모르겠어. 아니, 행복이라는 말뜻도 모르겠어."

"행복이든, 존재의 이유든, 왜 살아야 하는지와 같은 물음 앞에서는 생명의 본질이 무엇인지를 정의하고 난 그다음 인간의 본질이 무엇인지를 알아야 답할 수 있겠지."

다시 베네딕이 나를 쳐다본다. 나도 피하지 않고 정면을 바라보며 화답했다.

"그냥 이렇게 살면 안 될까? 주어진 상황에서 최선을 다하고, 주변 사람들에게 피해 안 주고 나 혼자 만족하고 살면 안 될까? 이렇게 사는 게 크게 잘못된 걸까?"

"그렇게 살아도 마음 한구석은 언제나 허전할걸."

베네딕이 한 호흡 쉬며 허공을 응시한 채 말한다.

"모든 생명은 무생물에서 왔지. 생명은 무생물의 구성물질들로 이루어졌으니 무생물에서 생명이 온 것은 확실하지. 그럼 왜 무생물에서 생명이 왔을까? 그냥 무생물에 머물러 있었어도 크게 달라지는 것은 없는데, 어차피 모든 물질들은 우주의 한 부분인데, 뭣 때문에 복잡하고 외부로부터 충격에 취약한 생물이 됐을까? 아마 어떤 의지가 반영된 건 아닐까? 자발적이든, 의도된 것이든, 한순간 어떤 의지가 존재했다 닳아 없어지는 무생물에 침투해 자기의 내재된 본질을 지키고 싶어서 분열하여 전달하는 방법으로 생명의 형태로 변환됐겠지. 그 한순간의 의지가 이어지고 이어져 지금의 인간까지 닿았겠지. 그렇게 생겨난 생명의 복제품들은, 어떤 것은 깊은 바닷속, 깊은 땅속으로 숨어 들어가 완전에 가까운 불사의 생명체로 존재하고, 어떤 생명은 가장 단순하고 강력한 바이러스로 존재하고, 어떤 생명은 바닷속 플랑크톤으로 변환하여 광대하고 효율적인 존재로 세상을 이롭게 하고, 어떤 것은 대지에 단단히 뿌리박고 온 세상을 초록으로 물들인 식물로 존재하고, 어떤 것은 물고기로, 어떤 것들은 땅 위에서 기고, 뛰고, 하늘을 나는 존재로 변환했지. 장대한 세월을 통해 각각의 생명체들이 각각의 방식으로 결코 다른 생명체들의 존재 방식에 대해 간섭하지 않고 자신만의 방식으로 생존하거나 세상과 조화를 이루며, 때론 번성하고, 때론 위축되고, 때로는 사멸하고, 시간이 되면 다른 생태의 세상을 위해 사라지는 게 생명의 속성이지."

발 아래로 개미 몇 마리가 줄을 지어 지나가는 게 보였다.

또 나는 혼란스러워진다. 나의 상식이 닿지 않는 시간의 건너편에 있는 세상에 대해 얘기하는 베네딕에게 질문할 것도 없고 받아들일 것도 없어 그냥 듣고만 있다. 이제 나를 바라보는 베네딕의 눈길이 깊어진다.

"인간은 이 세상에서 어떤 존재일까. 인간은 수많은 생명체 중에 어떤 위치에 있을까. 먹이사슬 가장 꼭대기에 있는 포식자일까. 가장 진화된 동물일까. 생존하고 분열하고 전달하는 생명의 속성에 있어서는 인간보다 훨씬 월등한 존재들이 많지. 인간은 겨우 백억 개도 안 되는 개체로, 전승되어온 지식의 시간은 몇천 년도 안 돼. 얼마나 오래 존재하느냐에 따라 존재의 우월성을 따진다면 몇억 년을 이어져온 존재들이 많았고 지금도 많은데…… 얼마나 강한 존재인가에 따라 진화된 등수를 매긴다면 공룡은 1억 년 이상을 지상에서 가장 광폭하고 비길 데 없는 강인함으로 존재했는데……."

베네딕은 다시 마리화나 한 모금을 깊게 빨아들인다. 어둠 속 빨간 불빛이 강렬하다. 좀더 가라앉은 목소리로 얘기를 이어간다.

"인간의 시작은 미미했지. 숲에서 막 초원으로 발을 디딘 후 수십만 년, 수백만 년 전부터 초원을 지배하던 많은 포식자들에게 공격당하고 쫓기며 어렵게 생존하며 자리를 잡아갔지. 인간의 시작은 그렇게 평범했어. 인간의 속성도 생명의 속성에 포함돼 있었지. 다만 언제부턴가 인간의 속성이 변형

되고 뒤틀려 오늘날처럼 다른 생명체들의 생존 방식을 비웃으며 사악한 존재가 돼버렸지. 킴, 행복해지려면 다른 모든 존재들을 존중하고 받아들여야 해. 경쟁은 내가 생존할 수 있는 선까지, 양보는 나의 생존에 지장을 주지 않는 선까지. 그래서 다른 생명체들과 공명할 수 있을 때, 네가 어떠한 형태의 삶을 살아도 흔들리지 않고 자족하며 살 수 있어."

베네딕이 깊은 눈으로 나를 응시한다. 나를 바라보는 눈이 푸른빛으로 빛난다. 나는 이해할 수 없는 베네딕의 말에 점점 함몰되어갔다. 몽롱해지는 정신의 한끝을 붙잡고 힘겹게 물었다.

"그럼 인간은 어떤 존재일까?"

베네딕의 눈길이 허공을 향한다.

"생명체들이 지상에서 벌이는 경연의 장에서 남루한 옷차림에 싸구려 장식물로 치장하고 참석해 행패를 부리고 있는 어린아이."

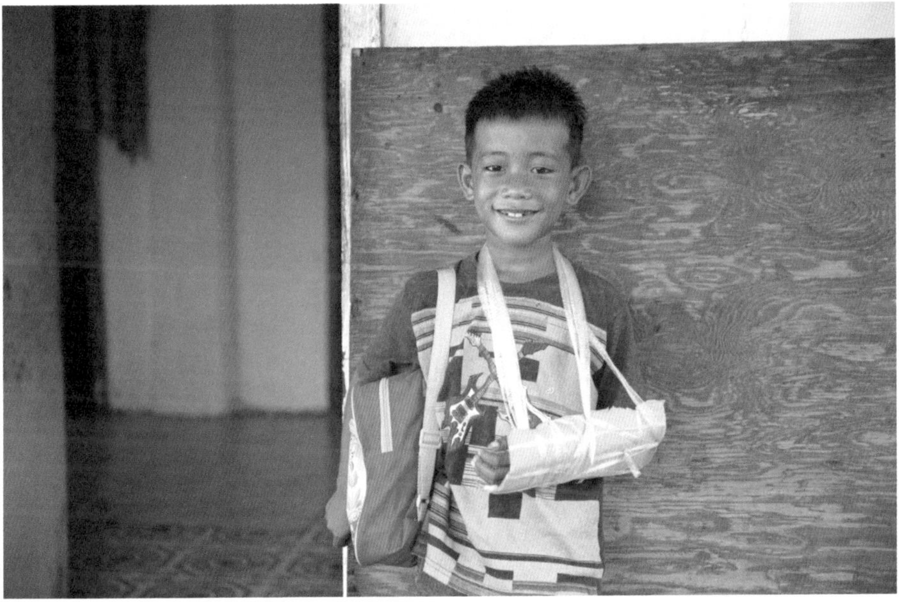

이 사장과 루시엔 _

루이사 집에서의 저녁식사는 매번 푸짐했고 즐거웠다. 나를 위해 제이댄과 제이알, 티번과 샤핀이 노래를 부르며 춤을 추었고 제레미스는 그동안 일어났던 동네의 소소한 일들과 관상어 사업에 대해 수다를 떨었다. 또 몇 번은 안쏘와 베네딕과 함께 술도 마시며 간간이 베네딕 집 안에서 마주치는 낯선 처녀 코럴의 뒷모습을 훔쳐보기도 하며 그렇게 크리스마스와 신년을 보냈다.

"이 사장님! 저 왔습니다."

사무실 소파에서 루시엔과 함께 앉아 있던 이 사장은 반색하며 일어난다.

"김 형! 어서 와. 안 그래도 한번 올 텐데 하고 기다리던 참인데."

루시엔이 커피 두 잔을 탁자에 내려놓고 이 사장 옆에 앉는다. 눈을 내리뜬 채 두 손을 모아 무릎에 얹고 다소곳이 앉아 있는 루시엔의 모습이 어색하다. 이 사장의 얼굴에도 쑥스러움이 스친다.

"루시엔! 해가 바뀌니까 훨씬 예뻐졌는데. 그렇게 얌전히 앉아 있으니 숙녀 같다."

놀리려고 한 말에 루시엔의 얼굴이 더욱 어색해진다. 말없이 고개만 숙인다.

"이 사장님 무슨 일 있나요?"

"무슨 일은, 그만 놀려."

이 사장의 표정도 어색해진다.

"진짜 무슨 일이 있나보네요? 무슨 일이에요?"

"김 형! 바쁜 일 없지?"

"예. 오늘은 한가합니다. 하실 말씀 있으세요?"

"오랜만에 만났고 새해도 됐겠다, 술이나 한잔하지?"

"술요? 대낮부터요?"

"할 일도 없잖아? 술이나 한잔하자고. 루시엔, 안주로 햄하고 소시지 좀 준비해."

루시엔이 일어나 주방에서 이것저것을 챙겨 온다. 이 사장도 일어나 냉장고에서 싸구려 보드카와 콜라를 꺼내와 앉는다.

"3월쯤에는 한국에 한번 다녀오려고 해. 루시엔하고 같이."

나는 조금 놀라 다시 이 사장을 쳐다봤다. 루시엔이 부끄러운 얼굴로 무릎 위에 올려놓은 두 손을 말아쥔다. 나는 단숨에 술잔을 비우고 이 사장에게 술잔을 건넸다.

"축하드립니다. 한잔 받으세요."

이 사장이 술잔을 내민다. 나는 술을 가득히 따랐다. 이 사장도 술잔을 단숨에 비우고 햄 한 조각을 입에 넣는다.

“잘 생각하셨습니다. 루시엔만한 여자도 없잖아요.”

“그래. 사람이야 진국이지. 무던하고 배려심 많고. 나한테 과분하지. 내 나이가 얼만데.”

“그러게요. 한국 같으면 도둑놈 소리 들으셨을 텐데요. 하하.”

이 사장이 멋쩍게 웃는다. 나는 이 사장이 어떤 마음으로 그런 결정을 했는지 감을 잡을 수 없어 말이 조심스러워진다.

“근데 뭣 때문에 이렇게 갑자기 맘을 잡수신 거예요?”

이 사장은 다시 담배에 불을 붙인다. 길게 내뿜는 연기가 방 안에 맴돌다 열린 창문으로 빠져나간다. 나는 뒷얘기가 궁금해 이 사장의 얼굴만 바라보았다.

“실은 이번에 미수금, 이 사람이 받아왔어.”

“루시엔이요?”

“응. 연말에 한국 거래처에서 이번에도 외상값 안 보내면 고소한다는 연락이 왔더라고. 고소해봐야 나야 여기 있으니까 당장 잡아넣을 것도 아니고. 또 내가 돈을 보낼 수 있는 형편인데 나 편히 살자고 안 보내는 것도 아니고. 무섭거나 양심에 걸리는 것은 아니지만 그쪽에서 민사 소송하면 한국에 계신 노인네들이 걱정할 테고, 또 말도 못하고 전전긍긍하는 부모님을 옆에서 보는 형님도 맘고생 심할 테고, 그래서 나도 잠 못 자고 괴로워하니까 이 사람이 자기가 주지사를 만나서 해결하면 어떻겠냐고 묻더라고. 처음에는 나도 웃었지. 내가 그렇게 찾아가서 사정하고 협박해도 맨날 뺀질 뺀질 다음주에 준다, 다음달에 준다 하고 사람 약만 올리던 놈들인데, 무슨 재주로 그 돈을 받나 싶어 무시했는데, 이 사람이 자꾸 자기가 할 수 있다고 하니까 나도 지푸라기라도 잡는 심정으로 해보라고 그랬지. 근데 이 사람이 주지사 사무실을 갔다 오더니 당장 돈 준다고 했으니 나보고 가서 받아오라는 거야. 농담하나 싶으면서도 혹시나 하고 다음날 주지사 사무실에 갔더니 수표를 주더라고. 이야! 꿈인지 생시인지 얼떨떨하더라고. 하여간 그래서 다음날로 한국에 외상값 보내고 집에도 얼마 보냈지."

"대단한데요. 어떻게 그 돈을 받았대요? 사장도 못 받는 돈을 경리가 가서 받아내다니 신기하네요."

"그러게 말이야. 그래서 내가 나중에 물어봤지. 무슨 재주로 그 돈을 받아냈냐고? 그랬더니 이 사람이 자기 작은아버지랑 주지사를 만나서 담판을 지었대."

이 사장은 다시 담배 연기를 허공으로 길게 내뿜는다.

"내가 얘기했지? 이 사람 친척 중에 목사가 있다고. 그 양반이 작은아버지더라고. 그리고 이 사람 섬에는 교회가 두 개밖에 없대. 그러니 그 섬에서는 힘 좀 쓰는 사람이지. 그리고 더 재미있는 건 그 양반이 주지사한테 내가 조카사위 될 사람이라고 그랬대. 그리고 이번에 조카딸과 결혼을 해야 되는데 꼭 돈이 필요하다고, 미수금 좀 해결해달라고 그랬대. 내가 보지는 않았어도 뻔하지. 부탁 반 협박 반 했겠지. 돈

안 주면 다음번 선거 때 자기 섬에서는 한 표도 안 나올 거라고 그랬겠지. 하여간 그래서 돈을 받았어. 이 사람 얼굴도 있고, 또 이 사람 작은아버지 체면도 있고 해서 내가 이 사람 작은아버지한테 만 달러 주면서 주지사하고 식사라도 하라고 했어."

평소에는 그렇게 도도하고 점잔만 빼던 루시엔이 작은아버지에게 이 사장의 형편을 설명하면서 자기와 결혼할 사람이라고 앙큼하게 거짓말하는 모습이 상상이 안 가 웃음이 나왔다.

"그래서 이 사장님이 꼼짝없이 코를 꿰셨네요. 루시엔 다시 봐야겠네요. 이제 무슨 상황인지 이해가 됩니다. 하여간 잘됐네요. 돈도 받고, 결혼도 하고. 축하드립니다."

고개를 살짝 돌리는 루시엔의 도도한 얼굴에 부끄러움이 스친다. 나는 얼른 인사를 하고 뒤돌아서 나왔다.

거리는 한산하고 뜨거운 햇살이 가득 넘실대고 있다. 담배를 하나 피워 물었다. 이 사장도 사무실 낡은 소파에 앉아 창밖을 바라보며 담배를 피우고 있을 것이다. 돌아오는 길, 차창 밖으론 크리스마스트리 꼬마전구가 반짝이고 있었고 장식물로 치장한 낡은 집이 늘어서 있었다. 푸르고 커다란 잎사귀들을 머리에 얹은 야자나무들은 뜨거운 태양 아래 힘겹게 서 있었다.

저녁처럼 어두운 오전이다. 섬 전체에 이슬비 같은 가는 비가 내리고 있다. 집 둘레 나뭇잎과 양철지붕에 떨어지는 가느다란 빗소리는 들리지 않을 정도로 나직하다. 흔들리는 나뭇잎이 아니라면 느낄 수 없을 정도로 바람도 미세하고 은밀하여 아침이 더욱 스산하다. 기온이야 여름철이나 겨울철이나 거의 변화가 없지만 체감온도는 평소보다 10도 가까이 낮은 것 같다. 송년회부터 신년회까지 일주일이 멀다 하고 이어져 돈도 바닥난데다 몸도 지쳐 진이 빠졌는데 비까지 내리니 섬의 한적함이 배가 된다. 나 홀로 베란다에 앉아 잡스런 생각에 빠진다.

어제는 한국의 신문사에서 취재온 일행 두 사람을 위해 센터에서 내준 차를 운전해 섬 여기저기를 안내하며 섬사람들의 사는 모습을 내가 아는 한도 내에서 성심껏 얘기해주었다. 거친 노면을 신경써 조심히 운전하며 옆 좌석의 최 기자가 흥미를 보이는 장소가 나오면 눈치껏 헤아려 가다 서다를 반복하며 섬을 돌았다. 일본에서 조성한 2차세계대전 위령비, 거리 곳곳에 널려 있는 폐기된 자동차, 작은 배가 빼꼭히 정박한 부둣가, 야자나무, 바나나, 빵나무 열매, 참치와 여러 생선을 파는 시장을 비롯해 여기저기를 소개해주었다. 최 기자와 사진기자는 열심히 카메라 셔터를 누르며 메모했다. 출발하기 전에 상의했던 장소 대부분을 다 둘러보고 우리는 블루라군 식당에서 바다가 환히 보이는 창가 쪽에 앉아 점심을 먹었다.

추크는 한국에는 잘 알려지지 않았으나 미국과 일본, 최근에는 중국에서도 관심을 갖는 곳이다. 인구가 15만 명에 불과한 이 작은 섬나라에 매년 몇백억씩을 지원하며 치열하게 경쟁하기도 한다. 영해의 크기가 태평양에서 두번째이며 전 세계 참치의 60퍼센트가 이곳에서 잡힌다는 사실 때문이다. 추크의 환초는 전 세계에서 가장 크며 생태학적으로도 학문적으로고 가치가 있는 곳이라고 나는 설명을 덧붙였다.

최 기자가 묻는다. 이곳에서의 생활은 어떠냐고. 나는 판에 박힌 대로 대답했다. 사람 사는 거야 어디나 마찬가지 아니냐고. 나도 그냥 그렇게 살고 있다고. 일하고 먹고, 가끔 하늘도 쳐다보고, 바다도 보면서 그렇게 하루하루를 보내고 있다고. 내 얘기를 듣던 최 기자가 웃음기 없는 얼굴로 내 눈을 깊이 들여다본다. 나는 사람 사는 게 다 그렇지 않냐는 듯 웃음으로 답했다. 그래도 최 기자는 내게서 다른 대답을 이끌어내려는지 계속해서 나를 응시했다. 그냥 이곳을 스쳐지나는 사람들일 테니 굳이 설명이나 공감을 요구하는 얘기들은 피하려고 했는데 그의 집요함에 결국 애매모호한 내 느낌을 얘기했다.

이곳에 와 지내면서 가장 힘들었던 점은 이곳 사람들의 시간에 내 시간을 맞추는 것이었다고. 굳이 지금 필요하지 않은 일들은 내일로 미루어도 되고, 힘이 들면 쉬어가고, 오늘 할 수 있는 일만큼만 하고, 해야 할 일들에 대해 절대로 부담을 갖지 않는, 그런 사람을 위해 흘러가는 시간에 내 시간을 맞추는 게 가장 힘들었다고. 이곳은 시간이 천천히 흐르니까.

짙푸른 숲, 시퍼런 바다, 강렬한 태양이 전부인 세상에서 사는 것은 차라리 시간을 잊는 일이다. 어떤 추억도, 어떤 바람도, 이곳에서는 감정의 얼개들이 맥없이 삭아내려 풍화되고, 들끓던 사념들이 퇴색해 욕망의 본질만이 남는다. 그렇게 시간이 맞춰지고 사념이 단순화되니 사람 일에 필히 동반되는 먹고사는 문제들이 나를 어찌하지 못한다. 먹고사는 건 그냥 되는 일이었다. 사람 속에서 사람과 살면 여유 있을 때는 나누어주고 어려울 때는 받으면 되니, 사람한테 있어 먹고사는 일이 꼭 전부는 아닌 것 같다고 말했다. 그리고 이곳에 살면서 중요한 것은, 내가 나를 용서하고 내가 나를 그대로 받아들이며 내 존재만큼의 기쁨만 느끼고 내가 닿지 못하는 것들은 그냥 그곳에 두고 무심해지는 게 중요하다는 얘기도 해버렸다. 내가 하는 말을 잠자코 듣고 있던 최 기자는 센터로 돌아오는 차 안에서 이렇게 말했다.

"김 사장님은 참 쉽게 사시면서 또 아주 어렵게 세상을 사시네요."

"왜요? 무슨 소린지 잘 이해가 안 되는데요."

"그냥 제 생각인데요. 낯선 환경에서 대부분의 사람들은 자신을 환경에 맞추든지, 아니면 정 못 견딜 때는 환경을 자신에게 맞게 변화시키지요. 근데 김 사장님은 완벽하게 적응하신 것 같은데 내면은 변함없이 그대로 한국 사람 같으니 혼자서 맘고생 많이 하시겠다는 생각을 했습니다. 그냥 일반 사람들 하듯이 사세요. 돈도 좀 벌고, 편한 길로도 가시고요."

"저는 그렇게 살고 있다고 생각했는데, 아닌가요?"

최 기자는 웃으며 대답했다.

"전혀요. 김 사장님은 다른 사람들처럼 안 살아요. 다른 사람들과 많이 다릅니다."

두 사람을 센터에 데려다주고 집으로 돌아와서 생각해보았다. 내가 사는 게 다른 사람들의 삶과 많이 다른가 하고. 그냥 살고 있는 것 같은데. 다른 사람들도 나와 같은 생각을 하며 살고 있는 것 같은데. 무엇이 그리 무서워 구석진 자리만을 찾아다니며 돌고 돌아 이곳까지 와 있는지 조금은 후회가 된다.

토요일 정오. 결혼식이 진행되는 예배당은 덥고 혼잡하다. 신부 루시엔측 하객으로 모츠 섬 주민 대부분이 참석하고, 신부 쪽 작은아버지의 얼굴을 봐서인지 주지사와 정부 인사들 몇몇도 참석했다. 정오의 태양이 예배당 양철지붕을 뜨겁게 달군데다 좁지 않은데도 가득 메운 하객들의 체온 때문에 실내는 숨쉬기 불편할 정도로 후텁지근하다. 현지인 목사가 지루하게 신랑을 소개했고, 다음으로 루시엔이 식장으로 입장했다. 순백의 드레스를 입은 루시엔은 재혼임에도 당당하고 도도했다. 아래턱은 치켜들고 커다란 눈은 살짝 아래로 내리뜬 채 아버지의 손을 잡고 화동들이 뿌린 꽃잎을 밟으며 입장하는 신부의 모습에는 어떠한 망설임이나 주저함도 느껴지지 않았다. 그녀는 자신이 택한, 나이 많고 먼 데서 온 남자를 향해 걸어갔다. 이 사장은 신부의 손을 잡고 함께 단상을 향해 나란히 섰다. 이어서 목사의 지루한 설교가 시작되었고 뒷자리에 앉은 나는 목덜미로 흐르는 땀을 연신 닦아냈다. 빛바랜 남색 양복을 입은 이 사장은 신부에 비해 왜소하고 초라했다. 물러설 곳이 없는 외길로 들어서는 이 사장의 뒷모습이 흔들리는 듯했다. 셔츠가 등허리에 달라붙고 속옷마저 땀에 젖어갈 즈음 지루한 예식은 끝이 났다. 교회 앞마당에 세워놓은 커다란 차양막 아래 탁자에는 음식이 가득했다. 상석에 앉은 신랑 신부에게 수많은 하객들이 축하의 선물과 축복의 말을 건넸다.

몇몇 사람들이 나에게 언제 결혼할 거냐고 인사 아닌 인사를 건네왔다. 뻔한 순서다. 이때다 싶게 이 사장이 한마디 거들었다.

"아! 맘에 둔 여자가 있는 것 같아. 이름이 뭐라고 그랬지? 코럴이라고 했나? 베네딕 조카?"

천막 안의 공기가 후끈 달아올랐다.

"무슨 소리를 하세요? 제가 언제요. 그리고 그 친구는 아직 어린데요."

"스무 살 넘으면 다 큰 처녀지. 당황하는 거 보니까 진짜 그 처녀가 맘에 있나보네?"

나는 빨리 자리를 피하고 싶었다.

"쓸데없는 소리 마시고 얼른 자리에 가서 앉으세요. 하객들이 기다리네요."

이 사장의 결혼식 이후 나는 관상어 일로 바쁘게 시간을 보냈다. 낮에는 지난밤에 채집한 열대어들을 확인하고 분류해 정성껏 관리했다. 밤이면 하르와 코페, 안쏘, 그리고 세 명의 젊은 아이들이 채집을 도와주었다. 어두워질 무렵 안쏘 일행이 채집을 나가면 나와 베네딕은 해변에 앉아 수다도 떨고, 달이 밝으면 백사장에 눈이 시리게 부서지는 달빛에 취해 술 한잔을 하고, 별빛을 보며 담배 한 대를 피웠다. 그것도 무료해지면 베네딕 집으로 올라가 커피도 마시고, 야식도 먹고 했다.

어느 날 문득 길가 로열 폰시아나 나뭇가지마다 붉은 꽃이 흐드러지게 피고 졌다. 농익은 망고들은 길가에 떨어졌다. 하루, 일주일, 한 달이 너무 편안하게 지나갔다. 내 마음속에 항상 나를 옭매던 오늘과 내일에 대한 걱정과 불안감도 사라졌다. 내 기억으로 이렇게 편하게 살아봤던 적이 없었다.

가끔 주말에 관상어 채집 때문에 베네딕 집에서 시간을 보낼 때면 코럴과 마주치기도 했다. 나는 어색하게 그녀에게 인사를 건네고 자리를 피했다. 일을 도와준 이들에게 현지 임금체계에 비해 훨씬 많은 월급을 주어도 내 통장에 잔고는 쌓여만 갔다. 내 몸과 마음도 편안한 일상에 맞춰 풀어지고 흐물해져갔다.

파도라는 이정표_

파도가 높아지고 있다. 바람의 근원지 동북쪽 먼 곳. 기압의 차이가 만들어내는 대기의 요동에, 어두워지는 하늘을 찢고 나오는 비명 같은 바람이 검은 구름들을 동북쪽에서 서북쪽 하늘로 빠르게 몰고 간다. 일기예보에는 내일 오전부터나 강풍주의보가 발령된다고 했는데 그보다 빠르게 기압골이 이 섬으로 다가오는 것 같다. 대류의 편차가 만들어내어 갇힌 공간이 요동친다. 세찬 바람이 만들어내는 파랑이 해류와 부딪치며 더 큰 물결을 만들어낸다.

안쏘가 걱정스럽게 바다를 쳐다본다. 오전에 참치 낚시를 나간 하르와 코페, 그리고 코페의 동생이 아직 돌아오지 않았다. 낚시를 나갔던 다른 배들은 이미 모두 돌아왔다. 엔진에 문제가 생겨 바다 위에서 엔진을 손보고 있는 코페 일행을 돌아오던 중에 봤다고 동네 주민이 알려주었다. 이 동네 대부분의 배 엔진들이 시원치 않아 가끔 운행중에 고장이 나는 것이 다반사라 크게 걱정할 일은 아니나 어쩐지 분위기가 평소 같지 않다. 한 번씩 터져나오는 바람이 포노 섬 앞바다를 뒤집어놓는다. 아직 돌아오지 못한 코페 일행이 걱정된 동네 주민들 열댓 명이 베네딕 집 앞에 모였다. 베네딕도 침울하다. 한두 시간만 있으면 해가 진다. 피우던 담배를 비벼 끄고 베네딕이 일어난다.

"안쏘. 기름통 챙겨라."

"네 통만 실으면 되지?"

안쏘가 재빨리 창고에서 기름통을 꺼내 배에 싣는다. 해변까지 동네 남자들이 따라나선다. 나도 옆에 섰다가 베네딕에게 물었다.

"베네딕, 나도 같이 갈까? 도움은 안 되겠지만 걱정이 돼서."

이미 배를 밀고 바다로 들어간 안쏘가 대답한다.

"킴. 파도가 거칠어서 나가면 고생할 텐데."

"베네딕이 운전하는데 걱정 없지. 그리고 이 정도 파도야 나도 문제없어."

베네딕은 말이 없다. 물론 거절의 뜻이다. 나는 모른 척하고 배에 올라탔다. 안쏘가 배를 끌고 깊은 바다로 나아간다. 베네딕이 시동을 건다. 작은 배는 요동치는 물살을 헤치고 전진했다. 해안가를 벗어나자 너울이 높고 사납다. 뱃전을 때리고 안으로 넘어오는 파도가 만만치 않다. 배가 깊은 바다로 나갈수록 선체 바닥에 부딪히는 파도의 힘이 가중된다. 안쏘는 뱃머리에 묶인 닻줄을 붙들고 몸의 균형을 잡는다. 나는 배 뒷전에 물러앉아 바가지로 배 안으로 들어온 물을 퍼냈다. 베네딕은 불규칙하게 요동치는 파도를 이리저리 타고 넘어 갈지자로 전진한다. 7미터짜리 조각배의 선수가 파도를 탈 땐 높이 들렸다가 파도를 넘어 내려설 때면 바닷속으로 처박힐 듯 하강한다. 베네딕이 엔진의 알피엠을 높이면 배는 다시 선수를 치켜들고 너울의 바닥에서 너울의 꼭대기로 올라선다. 나는 배 안의 물을 퍼내며 배 난간을 있는 힘껏 잡아야 했다. 뱃전에 부딪혀 부서지는 파도가 내 얼굴을 치고 지나간다. 바닷물에 눈이 따갑다. 실눈을 뜨고 보이지 않는 전방을 주시한다. 바다는 울부짖고 있다. 바람 소리와 선체 바닥을 때리는 둔탁한 파도 소리, 바닷물이 바람에 끓는 소리가 합쳐져 가청음을 벗어난다. 깊은 바다로 나갈수록 내 귀는 닫힌다. 멀리 채널이 보인다. 입구로 밀려들어오는 검푸른 너울과 바람에 부서져 흰색 포말이 가득한 채널 쪽 바다의 색 대비가 뚜렷하다. 조각배가 채널로 들어선다. 요동치던 바다가 거센 바다로 바뀐다. 불쑥 일어서는 파도가 시야를 아예 가린다. 가라앉는 파도가 조각배를 바닷속으로 끌고 들어간다. 주저앉는 파도에 뒤이어 다른 파도가 일어선다.

바다란 사방 어느 곳으로도 갈 수 있는 열린 공간이다. 동력이 있는 한 어느 방향으로든 뻗어나가 세상 어디에나 닿을 수 있는 광막한 영역이지만, 지금의 바다는 사방에서 절벽처럼 파도가 일어나 전진과 퇴로를 막고 회전을 방해한다. 눈에 들어오는 풍경은 절벽처럼 깎아지르는 듯한 파도와 어둑한 하늘뿐이다. 40마력 엔진의 조각배는 파도와 파도 사이를 넘고 가라앉으며 대양으로 나아갔다.

세상은 절반으로 정확히 나뉘었다. 위는 어둑한 하늘이, 아래는 높이 일어서고 또 일어서는 바다가 지배했다. 그 사이에 조각배 하나가 까닥거린다. 환초를 빠져나온 조각배는 바깥 선을 따라 전진했다. 귀가 닫히고 시야도 좁아진다. 환초 대에 부딪혀 피어오르는 포말만이 환초가 멀리 있지 않음을 겨우 암시할 뿐이다. 바닷물에 젖고 거센 바람을 맞은 몸은 감각이 없다. 배 난간을 움켜잡은 왼손은 피가 통하지 않아 하얗다못해 푸르뎅뎅하다. 급박하게 뛰는 심장이 밀어 올린 뜨거운 피가 동맥을 타고 머리로 올라가다가 이내 얼어버린다. 정상적인 사고는 불능이고 오감은 닫혔다.

베네딕이 엔진의 속도를 낮추고, 안쏘가 불안정하게 일어서 사방으로 손전등을 비추어 신호를 보낸다. 손전등의 빛이 미약하다. 흐린 빛이 충분하지 않다고 생각했는지 안쏘는 검지와 중지를 입에 넣어 길게 휘파람을 분다. 휘파람은 세찬 바람에 흩어져 뻗어나가지 못한다. 베네딕이 다시 엔진의 속력을 높여 일대를 한 바퀴 돈다. 어둑한 바다에선 어떠한 불빛도, 휘파람 소리도 미약하다. 안쏘가 뒤돌아 베네딕을 쳐다본다. 베네딕이 파도 너머 먼 곳을 본다. 잠시 배의 속도가 떨어지고 바람이 잦아든 틈을 타, 얼른 담배를 물고 라이터를 바람막이 잠바 안으로 넣어 켰다. 감각 없는 손가락으로 몇 번을 시도해 어렵게 담뱃불을 붙였다. 폐 속 깊이 연기를 빨아들였다. 젖은 손으로 잡고 있는 담배의 불빛이 심하게 떨린다.

조각배는 방향을 틀어 환초를 등에 지고 달리기 시작한다. 파도는 더 높아지고 바람은 더 세지는 것 같다. 더구나 파도를 옆쪽에서 맞고 있다. 뱃전을 때리며 넘어오는 바닷물의 양이 많아진다. 나는 어떤 생각도 하지 않고 배 안의 물을 퍼낸다. 배가 앞뒤로 요동치는 것은 불안하지만 엔진만 버틴다면 침몰의 위험은 없다. 그러나 배가 좌우로 기울면 한순간 침몰할 수가 있다. 사방은 컴컴해졌다. 멀리서 밀려오는 파도를 볼 수가 없다. 오직 선장의 경험과 직관에 의존해야 한다. 아주 멀리 나온 것 같다. 다시 베네딕이 엔진의 속력을 줄이고, 안쏘가 손전등을 비춘다. 휘파람도 분다. 그래봤자 무섭고 어두운 바다에 어떤 신호도 퍼지지 않는다.

베네딕이 다시 바람 가득한 어둠을 본다. 어둠에 파묻힌 베네딕의 표정을 알 수가 없다.

베네딕이 한 손을 바닷물에 넣는다. 일순간 베네딕의 눈에서 파란 안광이 새어나온다. 갑자기 선수 쪽에서 환한 빛이 일렁인다. 일렁이는 물결 위에 일제히 야광충들이 빛을 내듯, 선수 쪽에서 시작된 불빛이 어둠뿐인 바다 어느 곳을 향해 뻗어간다. 베네딕은 그 빛줄기를 따라간다.

내가 무엇인가를 잘못 본 게 아닐까. 사납게 파도치는 어두운 밤바다에서 이렇게 선명한 야광의 빛이 일직선으로 뻗어나가는 것은 불가능하다. 믿어지지 않아 다시 뒤돌아보았으나 베네딕의 눈에서는 여전히 섬뜩하고 푸른 안광이 나오고 있다. 나는 얼른 고개를 돌려 앞을 바라본다. 다시 베네딕 얼굴을 쳐다볼 엄두가 나지 않는다. 안쏘 역시 앞만 바라보고 있다. 어느 지점에 이르자 조각배를 이끌던 푸른빛이 사그라든다. 베네딕이 그 자리에서 엔진의 속력을 줄였다. 안쏘가 사방으로 손전등을 비춘다. 막막한 바다 한가운데서 휘파람도 분다. 안쏘의 휘파람 소리는 날카로운 바람 소리에 묻혀 잦아든다. 베네딕 눈에 푸른 안광은 사라지고 없다. 이곳에서도 코페 일행의 흔적을 찾을 수 없을 것 같으니 이제 우리가 무엇을 해야 하는지 묻고 싶다. 베네딕은 나의 간절한 눈빛을 무시하고 푸른 불빛이 끝났던 그 자리를 계속 맴돈다. 안쏘도 손전등의 빛을 사방으로 보내며 쉼 없이 휘파람을 분다.

이 순간 내 머릿속에는 오만 생각이 스친다. 코페 일행이 사고를 당했으면 어쩌나. 코페 일행의 오늘 낚시는 나와 아무 상관없으니 죄책감은 갖지 않아도 될까. 어쩌면 세찬 바람을 피해 벌써 집으로 돌아가 있는 건 아닐까. 엔진의 사소한 고장을 벌써 손보고 집으로 돌아갔는데, 길이 엇갈려 못 만난 건 아닐까. 그때 안쏘가 소리친다.

"베네딕! 저기!"

베네딕이 엔진의 속도를 올린다. 나도 행여 어디서 무슨 소리가 들릴까 하고 두 손을 귀에 갖다댔다. 세찬 바람 소리. 뱃전을 때리는 파도 소리. 안쏘는 손전등을 마구잡이로 흔든다. 나는 두 손을 꼭 말아쥐고 기도하는 심정으로 사방을 둘러보았다. 안쏘가 다시 소리친다.

"베네딕! 저기!"

멀리서 배가 보인다. 하르가 우리 쪽을 향해 팔을 흔들고 있다.

"하르! 닻줄을 던져!"

하르가 닻을 풀어 밧줄을 안쏘에게 던진다. 안쏘는 하르가 던져준 밧줄을 잡아 우리 배 뒤편에 묶었다. 엔진의 속도를 줄인 우리 배가 파도에 크게 흔들리고 있다. 동력을 잃은 코페의 배는 더 심하게 요동치고 있다. 바다에서 배를 운항할 때 위험한 경우가 몇 가지 있다. 그중 하나가 배를 다른 사람 배에 댈 때이고, 더 위험한 경우는 파도치는 바다에서 한쪽 배가 동력을 상실한 경우다. 배와 배가 부딪혀 파손되거나 배와 배 사이에 손이나 발이 끼여 크게 다칠 수도 있다. 지금처럼 어두운 밤에, 상대편 배의 엔진이 망가진 상황에선 배를 대는 건 거의 불가능하다는 계산이 나온다. 베네딕도 코페의 배에 가까이 가지 못하고 거리를 유지하고 있다. 코페와 코페 동생이 바다로 뛰어든다. 그리곤 수영을 해 우리 배로 건너온다. 배 가까이 다가온 코페가 파도에 흔들리고 있는 리듬에 맞춰 얼른 난간을 붙잡는다. 그리고 힘겹게 올라온다. 베네딕은 엔진 기어를 중립에 놓는다. 코페가 뒤따라온 동생을 배 위로 끌어올린다. 하르도 올라왔다. 이 모든 광경이 슬로 모션처럼 천천히 흘러가고 있다. 베네딕이 커다랗게 원을 그리며 배를 돌린다. 조각배가 조각배를 매달고 채널 쪽으로 움직인다.

두 배의 리듬이 어긋날 때마다 베네딕의 배에 급제동이 걸리듯 충격이 온다. 코페의 배는 가느다란 밧줄 하나에 맥없이 의지한 채 끌려오고 있다. 정원을 초과한 베네딕 배의 홀수선▼이 잠겼다가 수면으로 드러났다가를 반복하며 위태로웠다. 밤은 이미 깊어 파도에 밀려가는지 바람에 밀려가는지 어둠에 밀려가는지 모른 채 안쏘가 비추는 보잘것없는 빛을 이정표 삼았다. 파도가 올라서면 올라서는 대로, 파도가 내려서면 내려서는 대로, 결을 따라 우리는 겨우 포노 섬에 닿았다.

▶ 화물을 적재하고 안전하게 운행할 수 있는 최대 한계선

다음날, 시내에 있는 배 엔진 판매점에서 새 엔진과 필요한 부품을 구입해 베네딕에게 건네주었다. 앞으론 바다에 나가기 전에 엔진을 꼭 점검하고 이상이 있으면 바로바로 고치고 나서 바다에 나가라고, 파도가 높은 날은 고기를 안 잡아도 좋으니 바다에 나가지 말라고 신신당부했다. 옆에서 안쏘가 거든다.

"킴. 어제 일은 네 탓이 아니야. 관상어를 잡으러 간 게 아니라 실은 자기들 먹을 고기를 잡으러 간 거니까. 관상어 잡으러 간다고 하면 네가 기름도 주고 수경이랑 오리발도 빌려주니까. 물론 환초 안에서 잡기 힘든 고기들이 좀 있으니까 외해에 가서 몇 마리는 잡아오지만. 그때마다 그거대로 또 네가 계산을 해주니까. 더구나 앞으로 며칠은 고기 잡으러 나가기 힘들 날씨라서 어제 마을 사람들이 전부 낚시를 나간 거고."

"나도 알아. 그래도 어제는 너무 위험했어. 운이 좋아 코페 배를 찾았지, 잘못됐으면 어떡할 뻔했어."

안쏘는 별일 아니라는 듯 심드렁하게 대꾸한다.

"뭐, 베네딕이 나갔는데."

어제부터 꼭 물어보고 싶어 가슴에 꼭꼭 챙겨뒀던 질문

을 무심결에 생각난 듯이 물어봤다.

“근데 베네딕, 어제 바다에서 본 건 무슨 불빛이었어?”

“무슨 불빛? 어젯밤은 날도 흐려 어두웠는데.”

“아니, 어제 바다에서 그렇게 파도가 높고 바람도 센데 꼭 야광충 불빛처럼 환한 불이 바다에 퍼졌잖아? 더구나 그 불빛이 코페 배가 있는 곳까지 이어졌고.”

나는 동조해주길 바라며 안쏘를 쳐다봤다. 안쏘는 갑자기 탁자에서 굉장히 중요한 부품이라도 발견한 듯 연료 필터를 들고 이리저리 확인하며 딴청을 피운다. 베네딕이 일어선다.

“안쏘, 부품들 창고에 잘 챙겨놔라.”

베네딕이 집 안으로 들어갔다.

부품들을 창고에 넣어두고 나오는 안쏘에게 해변가 그물망에 보관해둔 고기들을 확인하러 가자고 했다. 나와 안쏘는 언덕을 내려와 여전히 파도가 거센 물속으로, 수경과 오리발을 차고 해안가 가까이에 설치해놓은 그물망을 확인하러 들어갔다. 종류별 크기별로 선별해 넣어둔 스무 개의 통발 안 물고기들은 대부분 무사했으나 몇 마리는 물살에 흔들리는 그물망에 엉켜 비늘이 떨어지고 상처가 났다. 상처 난 물고기들을 꺼내 바다에 놓아주고 그물망들을 다시 돌더미로 잘 고정시켰다. 통발들을 다 확인하고 해변으로 나와 앉아 담배를 꺼내 물었다. 간밤에 불던 바람은 많이 누그러졌으나 아직도 담뱃불을 붙이기 힘들 정도로 거세다.

"안쏘, 어제는 무슨 일이 있었던 거야?"

무슨 소린지 모르겠다는 의아한 표정이다.

"바다에서 푸른빛을 봤지? 그게 뭐였어?"

"베네딕이 만든 불빛을 얘기하는 거야?"

아무렇지 않게 대꾸하는 안쏘와 달리 나는 다시 긴장된다.

"그게 베네딕이 만든 불빛이야? 어떻게 만들었대? 아니, 그 불빛이 어떻게 코페가 있는 데로 우릴 데려간 거야?"

"베네딕이 만들었다니까."

"그러니까 어떻게 바다 한가운데서 그런 불빛이 생기냐고."

어이없는 표정으로 나를 본다.

"그걸 내가 어떻게 알아. 그냥 베네딕이 한 건데."

얘기가 전혀 통하지 않고 있다.

"그럼 베네딕은 그런 이상한 일을 가끔 해?"

안쏘는 여전히 떨떠름한 얼굴로 심드렁하게 대꾸한다.

"가끔은 아니고, 두세 번 정도는 나도 봤어."

"두세 번? 언제?"

안쏘는 담배 연기를 세찬 바람 속으로 날리며 생각을 더듬는 눈치다.

"한번은 아마 베네딕 작은아버지 임종 때. 그때 베네딕 작은아버지가 돌아가시기 직전이었는데 하와이에서 식구들이 비행기 표를 못 구해 임종을 지키지 못할 뻔했는데…… 그래! 그때 코럴을 기다리고 있었다. 그때가 아마 코럴이 초등

학교 8학년 때였을걸. 그때 베네딕이 원해서 작은아버지를 조금 더 기다리게 했지. 코럴이 올 때까지. 아마 한 이틀 정도 걸렸을 거야."

이젠 알겠냐는 듯 나를 쳐다본다. 어이가 없다. 내 말을 전혀 이해하지 못하는 것 같다.

"그러니까 그런 일들을 베네딕이 어떻게 하냐고?"

조금 짜증나는 얼굴로 대꾸한다.

"베네딕이 하니까 하는 거지. 그게 궁금해? 그럼 베네딕한테 물어봐. 나한테 묻지 말고."

별 시답지 않는 소리를 하고 있다는 말투다.

"그럼 너는 베네딕이 무섭지 않아? 그런 이상한 일을 하는데?"

"킴, 너는 되게 똑똑한 거 같으면서도 어떨 때는 진짜 멍청한 것 같아. 어떻게 베네딕이 안 무서워? 사람들 전부 베네딕을 무서워해. 여기 봐! 이 집에 사람이 놀러오는 거 봤어? 아무도 안 찾아오잖아. 꼭 올 일이 아니면. 그래! 이제 생각났다. 코샤레 알지?"

"응, 저기 선착장 근처에 사는 8남매를 둔 아줌마?"

"그래, 코샤레한테 남동생이 있었어. 고등학교 다니다 그만두고 괌에 가서 한 오 년 있다가 돌아왔지. 괌에 있을 때도 사고를 많이 쳤어. 싸움도 많이 하고 돈도 훔치고. 그래서 괌에서 쫓겨났는데 집에 와서도 말썽을 피웠지. 술 먹고 주민들한테 행패 부리고, 동네 처녀를 산으로 끌고 가서 못된 짓도 하고. 그래서 여자 쪽 식구들한테 죽을 만큼 맞기도 하고. 하여간 섬에서 골칫거리였는데, 하루는 술을 먹고 식구들한테 막 행패를 부린 거야. 여동생을 죽인다고 칼을 들고 설치고. 코샤레 아버지는 일찍 돌아가셨고 엄마가 거동이 불편했는데, 그런 엄마가 아들내미 말린다고 붙잡다가 마당에 팽개쳐지고, 코샤레는 옆집으로 도망가고. 하여간 밤에 동네가 시끄러웠는데, 베네딕이 그 소리를 듣고 코샤레 집으로 갔어. 그때 사람들이 베네딕 눈에서 불빛이 나오는 걸 본 거야. 물론 나도 봤지. 베네딕이 그 남자를 잡아서 마당에다 몇 번 패대기를 쳤지. 아마 뼈가 몇 군데 부러졌을걸. 그리고 몇 달 후에 죽었어."

점점 얘기가 이상한 데로 흐른다.

"베네딕한테 맞아서 죽은 거야?"

"아니. 그 일 있고 나서 한 일주일쯤 집에 누워 있다 일어났는데, 몸이 낫고 난 다음에 자꾸 헛것이 보이더래. 잠자다 일어나면 눈앞에 귀신이 보이고, 밤에 혼자 있으면 베네딕의 푸른 눈이 자기를 노려보고 있고. 그뒤로 미쳐가지고 나중에 목매달아 죽었어. 그런데 어떻게 베네딕이 안 무서울 수가 있어?"

"그럼 베네딕이 귀신이란 말이야? 사람이 어떻게 한밤중에 바다에 빛을 만들고, 다른 사람을 미치게 만들어? 베네딕은 사람이 맞는 거야?"

"귀신은 죽은 사람이 귀신이 되는 거지. 킴, 어제 바다에서 본 불빛 때문에 자꾸 물어보는 거지? 그건 베네딕이 바다랑 친해서 그런 거야. 바다하고 워낙 친하니까 베네딕이 코페가 탄 배가 어디 있냐고 물어본 거고, 바다가 대답해준 거야. 모르겠어?"

나는 점점 힘이 빠진다. 안쏘의 사고방식을 전혀 이해할 수가 없다. 그래도 포기하지 않고 한 가지 더 묻는다.

"그럼 베네딕이 바다에 뭔가를 물어보면 바다가 다 가르쳐줘?"

안쏘도 기운이 빠지는 모양이다. 담배를 하나 더 피워 문다. 그리고 바람 부는 허공에 길게 내뿜는다.

"킴. 사람이 밀림에 들어가면 흔적을 남겨. 지나는 길에 부러진 나뭇가지, 미끄러진 발자국, 움푹 파인 길…… 그런 거 알지? 밀림을 잘 아는 남자는 그런 걸 다 알아보잖아. 그리고 다른 사람에게 그런 흔적이 남는다는 걸 가르쳐주면 그제야 다른 사람 눈에도 보이잖아. 나는 잘 모르지만 확실한 건 베네딕은 바다하고 아주 친하다는 거야. 바다뿐만이 아니지만. 어쨌든 베네딕이 바다하고 친하니까 바다가 우리에게 길을 보여준 거지. 이제 조금 알겠어?"

이제는 나도 짜증이 난다.

"그럼 베네딕은 다른 사람이 못하는 걸 할 수 있단 말이야? 바다에 불을 밝히고. 사람을 미치게 하고?"

"킴! 너는 베네딕이 누군지 몰라?"

"누군데?"

"고귀한 핏줄. 정말 몰라?"

나도 더이상은 얘기를 계속하고 싶지 않다. 하지만.

"나도 알아. 베네딕이 고귀한 핏줄이라는 걸. 그럼 고귀한 핏줄은 그런 걸 할 수 있어?"

"그럼 당연하지. 그래서 고귀한 핏줄인 거지. 킴, 이제 그만하자. 베네딕이 화내겠어."

"베네딕이 왜 화를 내? 집에 있는데?"

안쏘가 뜨악한다.

"킴! 넌 그걸 몰라? 베네딕은 우리 생각을 다 알고 있는걸?"

얘기가 현실을 완전히 벗어났다. 이쯤에서 베네딕에 대해 좀더 물어보려는 생각을 접었다. 그제야 안쏘의 얼굴이 펴진다.

바쁜 것 없이 분주한 하루하루가 지난다. 일주일 두세 번 채집한 관상어를 항공편으로 부치고 필요한 물건들을 사서 포노 섬에다 갖다주고, 아주 가끔은 신혼으로 행복한 이 사장 집에 들러 커피를 마시며 이 사장의 호강에 겨운 일상에 장단을 맞추고, 또 가끔은 연구센터에 들러 열대어 생태에 대한 설명을 들으며 관상어에 대해 배워갔다.

그리고 가끔은 시내에서 지나는 길에 코럴을 봤다. 동료 선생들과 점심을 먹으러 가는 길인지 남녀 무리에 섞여 길을 걷고 있는 코럴을 차 안에서 지나쳤다. 가끔은 이른 오후에 수업을 마치고 웨노 섬의 친척집으로 돌아가는지 조금은 고개를 숙이고 꽃무늬 촘촘한 치마의 꽃잎을 흩트리며 표표히 걸어가는 그녀의 옆을 지나쳐 가기도 했다. 그럴 때마다 차창을 내리고 가볍게 인사를 건네며 같이 밥이나 먹으러 가자고 청하고 싶었지만 그럴 때마다 꼭 해야 할 일이 있어서 다음을 기약할 뿐이었다.

더없이 좋은 날들이 계속되던 날. 아쿠아마린의 정 사장으로부터 뜻밖의 메일을 받았다. 좋은 일이니 빠른 시일 내에 한국을 한번 다녀가라는 연락이었다. 혹시 돈이 문제가 된다면 아쿠아마린 쪽에서 항공비를 부담할 테니 휴가 삼아 한번 다녀가라는 것이다. 요즘 들어 나를 부쩍 괴롭히고 있는 편두통 때문에 건강검진을 한번 받아볼까 생각중이었는데 잘된 일이었다. 일이야 내가 없어도 전혀 지장 없을 테고, 지난번 폭풍우 치는 바다에서의 그 일이 있고 난 후 어딘가 모르게 베네딕을 대하기 껄끄러웠는데, 이참에 바람도 쐴 겸 한국을 다녀오는 게 무엇보다 나을 것 같았다. 베네딕에게 관상어 보내는 일을 부탁하며 수표책을 넘겨주었다. 연구센터에 들러 삼 주 정도 한국에 다녀오겠다고 인사했다. 이 사장에게는 한국에서 사올 물건의 리스트도 받았다. 대부분 새 신부를 위한 화장품이었다.

맘먹기 전까지는 별 감흥이 없었는데 막상 한국에 다녀오겠다는 결정을 하자 기다려진다. 동생에게도 메일을 보냈다. 메일을 받은 동생은 바빠질 것이다. 집 청소에, 빨래에. 나하고는 상관없는 일이지만 말이다.

오후 즈음 추크에서 괌으로 향하는 비행기를 탔다. 짧은 활주로를 불안하게 이륙한 비행기는 웨노 섬 상공을 한 바퀴 돌고 기수를 괌으로 잡았다. 창으로 내려다보이는 웨노, 포노, 토노와스, 페판, 우돗, 파이추크…… 옥색, 연청색, 청색, 군청색이 뒤섞인 바다에 환초 대를 따라 형성된 포말의 흰 띠들, 섬들과 환초 가까운 바다에 드러난 은색의 모래톱. 그 모습은 언제 보아도 아름답다. 창공에 높이 떠 내려다보는 구름의 정원은 몽환적이다. 거기에 석양의 붉은빛이 투영돼 은은한 금빛으로 빛나는 구름의 궁전은 나를 또 꿈꾸게 한다.

DORAL
DORAL
DORAL
KOSAPW
ATUF FETAN
NUKUTACH
EL MARKET

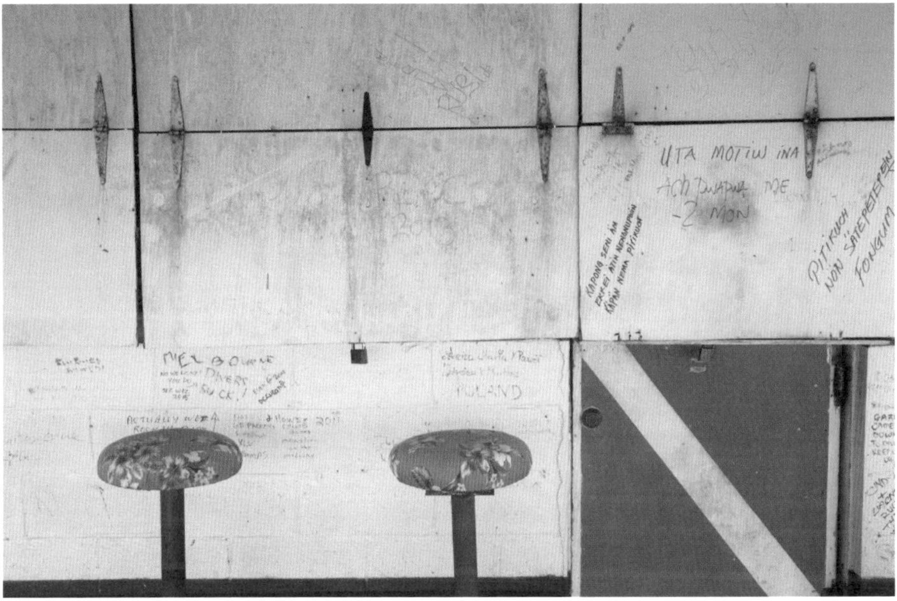
UTA MOTIW INA
-2 MON
POLAND
DIVERS SUCK!

다시 인왕산에서 불어오는 바람_

공항 밖으로 나서니 아침 찬 공기에 정신이 번쩍 난다. 거리에는 화사한 5월의 아침을 시작하는 사람들이 보인다. 가로수가 싱그럽다. 버스에서 내려 가방을 끌고 인왕산 언덕길을 올랐다. 아파트 뒤편 인왕산에서 불어 내려오는 바람에는 신록의 냄새와 꽃향기가 가득하다. 아파트 단지 내에 키 작은 정원수들도 활짝 꽃을 피웠다. 출근하던 주민들이 나를 흘깃흘깃 쳐다보고 지나간다. 집에 도착해 초인종을 눌렀다. 동생이 반갑게 맞는다. 현관을 들어서니 안방 문이 보인다. 엄마가 돌아가신 지 삼 년이 됐는데도, 아직도 집에 들어서면 밥상 차려놨으니 어서 밥부터 먹으라고 하실 것 같다. 엄마의 음성 대신 멍청한 강아지가 나를 보고 짖는다. 동생은 강아지를 얼른 작은 방에 들여보내고 문을 닫는다.

"형, 어서 와. 피곤하지 않아?"

"피곤하긴, 나 때문에 오늘 출근 못했구나?"

"아냐, 대전 현장이 지난주에 마무리돼서 한 일주일 휴가야. 형, 밥 차려줄게."

나는 단출한 가방을 열어 속옷과 옷 몇 벌을 꺼내 옷장에 넣었다. 방 안이 휑하다. 궁색한 생활에 찌든 집이 싫었었는데, 이렇게 간소하게 정리되고 나니 오히려 생경하고 사람이 살지 않는 집 같기도 하다. 동생이 차려낸 밥상은 인스턴트 된장국에 마트에서 사온 김치와 전자레인지에 데워낸 밥이다. 모든 게 마트에서 사온 음식들이다.

동생과 마주앉아 그동안 어떻게 살았는지 물어보았다. 동생은 편의점 일은 그만두고 건설업을 하는 친구 밑에서 심부름도 하고 밤에 경비 서는 일도 하는데 대전 현장이 마무리돼 당분간은 휴가란다. 아마 무슨 일이 있었겠지. 여자 문제가 있었거나, 지가 사는 꼴이 갑자기 맘에 안 들었거나.

"그럼 개는 어떻게 하고 내려가 있었어?"

"당연히 데려갔지. 얘가 밤에 경비를 얼마나 잘 서는데."

"개한테 하는 것처럼 사람한테도 해봐라. 여자들한테는 그렇게 성의 없이 하고, 그러니까 아직 결혼도 못했지."

"형도 남 말 할 처지는 아니잖아? 형이나 빨리 결혼해."

"쓸데없는 소리 그만하고 별일 없었냐?"

"별일이 뭐가 있겠어. 누나도 매일 똑같고. 나도 그렇고."

"그래. 별일 없으면 잘 사는 거다. 일은 언제 또 시작해?"

"한 이 주 있으면 대전에서 또 공사를 시작한다는데, 모르겠어. 돈을 너무 많이 벌어서. 좀더 쉬어야 될 것 같기도 하고."

"얼마나 벌었는데?"

"육 개월 있었더니 한 천만 원 되네. 거기 있으면서 돈 쓸

일도 없고, 밥이나 술은 친구놈이 다 사주고, 하여간 돈 많아. 형 돈 필요해?"

"됐다. 이놈아. 잘 놔뒀다가 필요할 때 써라."

"형. 좀 쉬어."

동생이 작은 방으로 건너간다. 휑한 방에 혼자 누워 있다가 이내 잠이 들었다.

관상어 시장 2_

아쿠아마린은 산사태로 밀려온 토사들이 힘을 다해 멈춰 선 듯, 황토가 드러난 노지와 구획 정리만 끝낸 공터가 맞물린 일산 신도시 끝자락에 위치해 있다. 대로변 샛길을 따라 들어가니 아쿠아마린이란 입간판을 세운 깔끔한 조립식 건물이 보인다. 회사 앞마당에는 수족관용 산호모래가 널려 있고 크기별로 수족관이 쌓여 있다. 마당에서 수족관을 확인하고 있던 이 팀장을 만나 사장실로 들어갔다. 사장실이라고 해봐야 넓은 사무실 한쪽에 칸막이를 둔 작은 공간이다. 벽면 곳곳에 빈 수족관이 진열돼 있고 책상 위마다 관상어 팸플릿과 여러 가지 서류들이 흩어져 있는 분위기로 봐서는 꽤 바쁘게 돌아가는 회사 같다. 정 사장은 해외 거래처와 통화중인지 영어로 대화하고 있다. 내가 들어서자 환하게 웃으면서 손을 흔들더니 서둘러 통화를 끝내고 악수를 청한다.

"김 사장, 한국에 오니 좋은가?"

"예, 좋기야 하죠. 먹고 싶었던 음식도 먹고. 친구들도 만나고, 사람 구경하는 것도 재미있고요."

"나는 요즘도 가끔 김 사장 사는 동네가 생각나. 무인도에서 먹던 바비큐며, 바닷속 모습이. 그리고 나중에 생각해보니까 거기 바다가 굉장히 따듯한 편이더라고, 바닷물 온도가 평균 27도라며?"

"예, 근데 표층은 한낮엔 30도 정도 될 겁니다."

"그래. 거기가 물놀이하기에는 최고야. 물 맑고, 따듯하고, 산호도 예쁘고. 거길 한번 더 가야 되는데."

나는 안다. 이 사회에서는 하던 일을 다 접고 일주일씩 어딜 다녀온다는 게 불가능하다는 걸. 특히 정 사장처럼 한창 바쁘게 돌아가는 작은 회사의 사장이라면 더욱더.

"예, 언제든 시간되면 한번 더 오십시오. 그때는 제가 정말 좋은 데로 모시겠습니다."

"그 무인도보다 더 좋은 데가 있단 말야? 거기도 웬만한 휴양지보다 낫던데."

"진짜 좋은데 많이 있습니다. 현지인들도 잘 안 가는 그림 같은 데가 많이 있습니다."

"김 사장은 진짜 천국에서 사는 거야. 그 하늘, 그 바다, 게다가 사람들도 착하고 친절하고."

"말씀드렸지만 그 천국에서 사는 사람들에게 그곳은 전혀 천국이 아니죠. 그냥 일상일 뿐입니다. 단조롭고 지루하죠. 저한테 천국은 한국이죠. 24시간 문을 여는 편의점, 휘황찬란한 야경, 수많은 음식점, 술집들……."

정 사장은 유쾌하게 웃는다.

"그래, 김 사장은 지금 천국에 왔으니까 실컷 즐겨. 내가 오늘 술 한잔 살까?"

"아닙니다. 다음에 하시죠. 실은 내일 건강검진을 받으러 병원에 가야 합니다."

옆에 있던 이 팀장이 묻는다.

"어디 아프세요?"

"아니요. 특별히 이상한 데는 없고 거긴 의료시설이 너무 빈약하니까. 이렇게 한국에 오면 가끔 건강검진을 받습니다."

"그래. 잘 생각했어. 이젠 건강도 챙길 나이가 됐지. 오늘만 날이 아니니까 가기 전에 한번 만나서 술 한잔하자고."

"예. 알겠습니다."

"그건 그렇고, 한 달 전에 일본에서 오더를 받았어. 김 사장이 보내준 고기를 자기들한테도 공급해달라고. 수량도 많고. 그래서 갖고 있는 물건을 보내줬는데, 그쪽에서 계속 납품해달라고 하는 거야. 그럼 김 사장이 추크에서 바로 일본으로 보내면 되지. 우리 회사가 굳이 필요 없는 거지. 관상어 사업은 운송이 굉장히 중요한 부분이라고. 김 사장이 직접 일본으로 보내면 운송비도 절약되고, 운송 시간도 짧아지고."

나는 이해가 안 된다. 왜 정 사장에게 불리한 얘기를 하는지. 나야 그냥 정 사장이 요구하는 대로 따르면 그만인데 굳이 나를 한국으로 불러 이런 얘기를 해주는 정 사장을 이해 못하겠다.

"우리 회사가 빠지고 김 사장한테 일본 회사를 직접 연결해주면 간단한 문젠데, 그건 내가 싫어. 나도 계속 김 사장한테 물건을 받아야 하고, 그래서 우리 직원들하고 회의를 했는데, 결론부터 말하자면 김 사장하고 나하고 동업을 하는 거야. 어떻게 생각해?"

내가 아쿠아마린과 파트너가 된다는 것인지, 아니면 정 사장이 추크에 투자를 한다는 것인지 나는 갈피를 잡을 수 없다. 허나 어느 쪽도 실효성이나 안전성은 보장이 안 된다. 내가 아쿠아마린과 동업하는 것도 우습고 정 사장이 내게 투자를 하는 문제 역시도 내가 거기서 돈을 어떻게 쓰더라도 확인할 방법이나 제재할 수단이 없다. 나는 물었다.

"무슨 얘긴지 잘 모르겠습니다. 제가 사장님 회사에 투자할 돈도 없고, 사장님도 저희 쪽에 돈을 투자하는 것도 그렇고."

"나도 알아. 그래서 우리 회사가 김 사장 회사의 아시아 쪽 판매의 독점권을 사는 거야. 물론 김 사장이 나 몰래 일본이나 다른 나라에 거래처를 만들면 내가 어떻게 막을 방법은 없지. 그런데 계약을 어기면 김 사장은 한국에 다신 물건을 팔 수가 없을 거야. 이쪽 바닥이 원체 좁아서 비밀도 없고 또 신용 잃으면 장사하기 힘들지. 그러니까 내가 맘만 먹으면 한국 시장에서 김 사장이 발도 못 붙이게 할 수는 있어. 그러니까 서로 믿고 해보자는 것이지. 물론 김 사장이 계약에 동의만 하면 일본으로 가는 관상어에 대해서는 마진을 더 줄게. 나도 김 사장 물건을 우리 회사 이름으로 보내면서 그걸로 떼돈 벌 생각은 없어. 다만 아쿠아마린이란 회사가 일본에서도 자리를 잡을 수 있겠지. 그게 내가 바라는 거야. 어때? 한번 해볼래?"

"정 사장님. 굳이 따로 계약을 하고 그럴 필요는 없습니다. 그냥 지금처럼 정 사장님이 알아서 하시고 돈이나 잘 부쳐주십시오. 혹시 돈을 많이 벌면 저도 조금 더 생각해주시고요. 그거면 됐습니다. 그리고 혹시 정 사장님이 저한테 섭섭하게 한다 생각이 들면 그때 제가 정 사장님에게 요구 조건을 제시하겠습니다. 그러니 그냥 하던 대로 하시지요."

"하여간 김 사장은 연구 대상이야. 사업 수단이 뛰어난 것 같기도 하고, 숙맥인 거 같기도 하고. 지금은 은근히 협박하는 거 같아. 독점 계약은 안 해주고 내가 어떻게 하느냐에 따라 거래 조건을 바꾸겠다는 교묘한 협박인 것 같아."

나는 사람의 말을 이렇게 복잡한 시선으로 해석하는 정 사장이 부담스럽다.

"아닙니다. 제 맘은 얘기한 그대로입니다. 제가 딴 곳에 물건을 팔려면 여러 가지 준비도 해야 하고, 신경도 써야 하는데. 거기다 위험 부담도 있고, 귀찮아서 싫습니다. 하여간 저를 배려해주셔서 감사합니다."

"그래. 나도 사실은 김 사장이 그렇게 얘기해주길 바랐어. 욕심 없는 사람이라 이렇게 다 까놓고 얘기하는 게 쉬울 것 같더라고."

역시 사업하는 사람이다. 어떻게 얘기해야 자기가 원하는 걸 얻을 수 있는지 꿰뚫어보는 능력이 있다.

"근데 계약서는 한 장 쓰자고. 일본 쪽 물건을 아쿠아마린 이름으로 보낸다고. 물품 대금도 우리가 받아서 제반 경비하고 약간의 마진을 제하고 김 사장에게 보내도 좋다는 계약서야. 계약은 계약이니까."

사인을 하고 나자 정 사장이 봉투를 내게 내민다.

"받아. 그래야 계약이 성사되지. 그리고 위약금이 열 배인 건 알지?"

나는 봉투를 열어봤다. 수표에는 2천만 원이 적혀 있다.

"이게 뭡니까? 너무 많은데요. 이러지 않으셔도 됩니다. 넣어놓으시죠."

정 사장이 활짝 웃는다.

"됐어. 계약금이야. 내 딴에는 충분히 넣은 거야. 김 사장이 내 맘 알면 됐어. 그리고 성심껏만 하면 나도 덕분에 이거보다 훨씬 많이 벌 수 있고. 이러면 서로 만족한 계약이지?"

"아닙니다. 제가 부담스럽네요. 주시려면 한 5백만 원만 주십시오. 제 생각엔 그 정도면 충분합니다."

이 팀장이 나선다.

"김 사장님 받으세요. 충분히 이익이라고 생각하니까 이 돈을 지불하는 겁니다."

많은 돈이다. 생각지도 못한 공돈이 나를 들뜨게 한다. 뭐에다 이 돈을 써야 할까? 그냥 통장에 넣어둘까? 아니면 추크에다 번듯한 집이라도 하나 얻을까? 아니면 차나 한 대 살까? 돈 쓸 궁리에 머리에서 열이 난다.

구겨버려도 될 기억_

병원을 나와 꽃가루 날리는 길을 따라 걸었다. 높지 않은 건물들 유리창으론 맑고 밝은 햇살이 굴절돼 반짝인다. 신문과 방송에 아무리 참혹하고 어두운 뉴스들이 쏟아져나와도 화사한 5월의 한낮, 거리의 행인들은 행복해 보인다. 젊은 아이들은 생기만으로도 빛이 나고, 나이든 사람들은 나이든 대로 5월의 꽃들을 배경으로 더욱 비장한 표정을 짓는다. 꽃잎과 나뭇잎들이 얌전한 바람에 쓸려다니는 길을 따라 걸었다. 집으로 향하며 서대문 도서관 쪽 언덕길을 오르니 땀이 흐른다. 길 양쪽으로 산꼭대기까지 아파트며 집들이 빽빽이 들어섰다.

검진을 받기 위해 아침부터 굶었더니 속이 쓰리다. 동생에게 전화해 점심이나 먹게 내려오라고 했다. 아파트 단지 앞에 새로 생긴 국숫집에서 동생과 나는 칼국수를 먹었다. 칼국수는 개운했다. 식사를 마치고 집으로 돌아가는 길에 둘이 탄 엘리베이터 안에서 동생은 겸연쩍었는지 쓸데없는 말들을 한다. 지난겨울엔 거의 나가 있어서 난방비가 조금 나왔다는 얘기며, 오래 키운 강아지가 이젠 너무 나이가 들어 얼마 못 살 것 같다는 얘기 따위를 늘어놓는다. 아파트 문을 열고 들어서니 강아지가 반갑게 짖으며 방바닥을 긁는다. 동생은 얼른 똥 싸놓은 기저귀를 치우고 방향제를 뿌린다. 형으로서의 권위는 늘 뒷전인 것 같아 마음의 상처를 조금 입은 나는 신경질적으로 한마디한다.

"정성이다, 이놈아. 사람한테나 그렇게 좀 해라."

눈치 빠른 동생은 대꾸가 없다. 그리고 딴소릴 한다.

"형. 내가 잊고 있었는데 진수 형한테 전화 왔었어. 지난 설날에. 형 잘 지내냐고. 한국에 한번 오면 연락 좀 달라고 하던데."

모든 신경이 올올이 선다.

"왜? 무슨 일로?"

내 목소리가 가라앉는다. 동생이 눈치를 보며 대답한다.

"그냥 안부 전화했다고 하는데. 가끔 전화 왔었어. 형 잘 있냐고. 서진이 형 돌아가셨을 때도 연락 왔었고. 전화 한번 해봐. 진수 형은 형 궁금해서 전화했는데."

한편으론 반갑지만, 한편으론 진수를 만나면 그 당시의 편치 않았던 상황을 다시 떠올려야 할 텐데, 이렇게까지 시간이 지난 후에 그때의 사람들과 그 시간들을 헤집어 떠올려야 한다는 게 썩 내키지 않는다. 그래도 내 맘은 또 그 힘에 겨웠던 시간 속으로 끌려간다. 둘 중 하나겠지. 이제는 자리 잡고 살 만하니까 내가 생각났든지, 아니면 다시 힘들어져 내가 생각났든지. 어떻게 됐든 굳이 지금 와서 진수와 관계

되었던 사람들을 다시 만난다는 게 부질없기도 하고 내게도 힘든 일이 될 것이다.

동생이 받아놓은 메모를 전해준다. 메모지를 구겨버릴까 하다 동생 눈치가 보여 지갑에 넣어두었다.

초라한 재회_

아쿠아마린 사람들과 함께한 저녁식사는 유쾌했다. 아쉬운 인사를 나눈 후 택시를 타고 서울로 향했다. 일산 시내를 벗어나 무섭게 질주하는 택시에서 유리창에 이마를 붙이고서는, 어두운 강물을 배경으로 창백한 푸른빛의 가로등들이 멀리서 빠르게 다가와 순식간에 뒤로 밀려나는 풍경을 넋 놓고 바라보았다. 이곳에서의 지난 시간들도 순서 없이 뒤섞여 수많은 그림들로 나를 스쳐지나갔다. 어느 순간들이 느닷없이 선명하게 떠오르고 또 지나갔다. 중요하다고 생각했던 지난 기억들은 이젠 가볍게 떠오르다 지워지고, 별 의미 없던 시시콜콜했던 순간들이 오히려 아련히 그립고 아쉽다. 아마도 5월의 밤기운 탓이리라. 아파트 입구 인왕산 자락에서 내렸다. 깊은숨을 들이마시자 밤공기는 몇 잔의 술기운을 몰아내고 상큼한 나무 냄새로 나를 채운다. 못난 남동생과 못생긴 강아지 한 마리가 기다리고 있는 좁고 궁색한 집으로 들어가기가 싫어 키 작은 나무 몇 그루와 가로등 하나가 서 있는 공원 벤치에 앉았다. 크게 아쉬울 것도 없고 크게 기쁘고 행복하지도 않았던, 그냥 그렇고 그런 어설펐던 시간들. 나는 자꾸 그 어줍던 시간 속으로 가라앉는다. 화단의 작은 꽃들이 가로등 빛을 받는다. 해가 졌는데도 꽃잎들을 닫지 못하고 나른한 불빛에 빛나는 게 요망스럽다.

결국 진수에게 전화를 걸었다. 평일 열한시가 넘은 늦은 밤. 진수는 잠기 하나 없는 팽팽한 목소리로 전화를 받았다.

"진수니? 나다."

한 호흡 건너뛴다.

"김 과장님이세요?"

"응, 나다. 잘 지냈어? 전화했었다면서?"

나는 최대한 덤덤하게 물었다.

"어디세요? 한국에 오신 거예요?"

"그래. 일 때문에 잠깐 나왔다. 넌 어떻게 지내?"

진수의 목소리가 한풀 꺾인다.

"저요? 잘 지내고 있습니다. 요즘이야 그냥저냥 안 죽고 살아 있으면 잘 살고 있는 거죠. 김 과장님은 어떠세요? 거기서 뭐하고 계세요?"

"나도 그냥저냥 살고 있다. 제수씨하고 애들은 별일 없어?"

"예, 잘 있습니다. 과장님, 한번 뵙죠. 소주라도 한잔해야죠. 제가 살게요."

"그럼. 한잔해야지. 오랜만에 너 사는 얘기도 듣고. 그런데 술은 내가 사야지. 아무래도 총각이 여유가 있지. 처자식 딸린 놈이 무슨 술을 사냐?"

"제가 사야죠. 신세진 것도 있고, 그때는 제가……"

수화기 너머의 호흡이 길어진다.

"뭐?"

"죄송했습니다. 그땐 제가 철이 없어서……"

"무슨 소리야? 쓸데없는 소리는."

진수는 말이 없다.

"아직도 을지로 쪽에 있어?"

"아니에요. 그쪽은 진작에 나왔는걸요. 우리뿐만 아니라 대부분 다 밀려났죠. 전 지금 신월동 쪽에서 일해요. 전 혼자 구멍가게 하나 얻어서 하고 있어요."

"그래. 다행이다, 아직 버티고 있어서."

"버티긴요, 그냥 하는 거죠. 한 달에 백만 원 벌기도 힘든 걸요."

전화를 끊고 밤하늘을 올려다봤다. 시야를 가로막는 아파트 군락 사이로 회색빛 섞인 어두운 암청색 하늘에 희미한 별빛, 창백한 달빛이 초라하다.

진수는 목동 오거리에서 기다리겠다고 했다. 이쪽 동네는 그래도 십 년 전과 크게 달라지지 않았다. 진수는 내가 다가가기도 전에 알아보고 급하게 걸어왔다. 인사를 건네는 진수는 옛날의 진수가 아니다. 언제나 눈을 반짝이던, 장난스럽고 철없고 귀엽던 진수가 아니다. 어딘지 모르게 주눅든 얼굴로 내 얼굴을 살피는 진수에게서 상처받고 버려진 유기견의 불안한 표정이 보인다.

"오래간만이다. 잘 지냈어?"

"예. 저야 뭐. 김 과장님은 얼굴 좀 탄 거 외에는 그대로시네요. 살도 안 찌고."

"살이야 고생을 많이 해서 찔 틈이 없었다. 넌 얼굴이 좀 안됐다. 힘들어?"

"힘들긴요, 사는 게 다 그렇죠."

진수를 따라 들어간 곳은 음식점들이 줄지어 선 먹자골목이다. '칼국수 전문'이라고 써붙인 가게 안은 손님들로 가득하다. 옹색한 의자에 앉아 음식을 주문했다. 물잔을 앞에 두고 그제야 서로를 제대로 쳐다보았다. 십 년이라는 세월이 지나 초라해지고 나이들어버린 서로를 느꼈다.

"김 과장님 여전히 국수를 좋아하시네요. 거기도 칼국수 있어요?"

나는 칼국수를 입안 가득 물고 웃었다.

"야! 거기에 무슨 칼국수냐. 수제비도 없다. 근데, 나 이젠 과장도 아닌데 왜 자꾸 김 과장이라고 불러? 그냥 형이라고 해."

"그렇긴 한데, 그래도 김 과장님이 편하네요. 김 과장님은 언제나 과장님이시죠."

"도대체 십 년 전에도 과장이고 지금도 과장이냐? 진급 좀 시켜줘라."

칼국수가 줄어들수록 그때의 감정이 차올랐다. 그리고 웃었다. 점심을 마치고 근처 커피집의 야외 자리에 앉았다. 진수의 표정이 조금 편안해졌다. 이제 예전의 진수 얼굴이 조금 보인다.

"실은……"

고개를 비끼고 진수의 말을 기다리며 거리의 행인을 바라보았다.

"실은, 과장님한테 사과하고 싶어서요. 그땐 저도 형편이 급해서 이것저것 생각할 여유가 없었는데, 한 살 두 살 나이가 드니까 제가 과장님한테 못할 짓을 했구나 하는 생각이 들었어요. 그래서 꼭 사과를 하고 싶었어요."

"나한테 뭘 사과해. 너 잘못한 거 없다. 내가 그러고 싶어서 그런 것뿐인데."

"아니요. 그래도 제가 그러면 안 됐는데. 과장님이 더 어려웠을 텐데, 내가 나만 생각하고. 회사 입장에서도 저보다는 과장님이 보탬이 되었을 텐데."

"무슨 소리야, 그때는 내가 그만두고 나오는 게 최선이었어. 난 갈 데도 있었고. 그리고 다 지난 일인데 담아두면 뭐해. 잊어버려. 나도 다 잊었다."

정말 잊었을까. 그때 가까운 사람들에게 느꼈던 치욕스럽기까지 한 배신감을. 한때는 이성을 상실해 어느 누구에게라도 살의에 가까운 분노를 표출하고 싶었던 그때를 다 잊었을까.

"더구나 과장님이 서진 차장님하고 추크로 가 하시던 일이 잘됐으면 덜했을 텐데, 서진 차장님까지 사고로 돌아가시고 나니까 한동안은 죄책감에 불면증이 다 걸렸었어요."

그래, 불면증에 걸릴 정도로 너도 괴로웠구나. 나도 너와 다르지 않게 잠을 잘 때도 눈을 뜨고 있을 때에도 치밀어오르는 분노와 자괴감으로 미친놈처럼 방구석에 처박혀 갖은 극단적인 생각만을 하며 폐인처럼 오랜 시간을 보냈는데.

"제가 얼마나 나쁜 놈이냐 하면 저 결혼식 때 김 과장님이 참석해주시길 바랐어요. 전화라도 한 통 해주길…… 참 나밖에 모르는 놈이죠."

어쩜 내가 너를 좋아했던 건 너의 그런 철없는 순진함 때문이었는지도 모른다. 너도 나처럼 세상은 그저 열심히 살면 된다는 철없는 생각을 갖고 있었지. 그래서 너를 좋게 봤었다. 그래서 우리 사무실에 전등을 설치하러 온 너를 처음 봤을 때 혹시 다른 일을 해볼 의향이 없느냐고 물어봤고, 너는 이 회사에서 하는 일이 뭐냐고 관심을 보였지. 나는 호텔이나 큰 식당에 주문제작한 주방용품을 납품하는 일이라고 대답했어. 어차피 사람은 먹어야 살고, 또 잘 살수록 외식문화가 발달하니 먹는 장사에 관계된 업종은 전망이 아주 밝다고 얘기했지. 또 수입품을 납품할 경우엔 마진이 아주 크다는 얘기도 했지. 너는 흥미를 보이며 그런 일이라면 아주 잘할 수 있다고, 같이 일할 수 없냐고 내게 부탁했지. 나는 성택이 형에게 괜찮은 사람이 하나 있으니 채용하는 게 어떠냐고 얘기해 너와 같이 일하게 됐지. 어차피 내게는 조수가 필요했기에 너를 데리고 다니며 일을 가르쳤어. 나의 가르침을 너는 아주 잘 이해했고 거래처 사람들에게 금방 신망을 얻었지. 워낙 너는 붙임성 좋게 열심히 일해 얼마 지나지 않아 내 도움이 필요 없게 되었지. 그리고 회사는 성장했다. 나와 성택이 형, 경리 아가씨, 너까지 네 명이던 회사는 금방 일곱 명이 됐지. 아이엠에프도 겪었는데 어떤 위기도 극복할 수 있다고들 생각하며 열심히 살았지.

"진수야. 근데 회사는 왜 나왔어? 안 좋은 일이 있었니?"

진수는 다시 고개를 숙인다. 성택이 형과 진수 사이에 무슨 일이 있었나? 성택이 형이 비록 이재에 밝고 냉정한 편이

나 자기 식구는 끔찍이도 아끼는 사람인데, 편모슬하에 독자로 어렵게 자란 사람이라 친구나 후배보다도 식구를 더 소중히 여겼는데.

"실은 회사가 망했어요. 한 사 년 됐나. 빚만 잔뜩 지고."

믿어지지 않는다. 성택이 형이 망했다니. 담배에 불을 붙였다. 진수도 따라서 담배에 불을 붙인다. 성택이 형이 남들은 엄두도 못 내는 사업을 하겠다고 다니던 직장을 때려치우고 나올 때 사람들은 모두 말렸었다. 거기다가 수입 주방용품을 팔겠다고 하니 친구들조차 미친놈이라며 뒤에서 욕했는데. 그럼에도 성택이 형은 보란듯이 자리잡고 세를 확장해나갈 만큼 사업수완과 능력이 뛰어난 사람이었다. 또한 그만큼 아주 매정한 사람이기도 했다.

"왜 망했어, 성택이 형이?"

나도 모르게 그 사람의 이름을 불렀다. 진수는 조용한 목소리로 그간의 일들을 들려준다.

"김 과장님이 그만둔 후에도 회사는 잘 돌아갔어요. 근데 회사가 잘될수록 성택이 형이 자꾸 이상해지더라고요. 차도 자꾸 바꾸고, 룸살롱도 자주 가고. 처음엔 거래처 사람들하고 다니더니 나중엔 혼자서도 가더라고요. 저도 처음에는 말렸죠. 근데 제 말을 전혀 안 듣더라고요. 그러다 어느 여자를 만났나봐요. 하여간……"

진수는 아예 나를 외면하고 손에 쥔 담뱃불만 바라본다.

가슴에서 뜨거운 뭔가가 치밀어오른다. 뒷골로 통증이 지나간다. 나는 나직한 목소리로 물었다.

"그래서 네 누나는?"

나는 고개 숙인 진수의 정수리를 뚫어지게 쳐다보며 물었다.

"어떻게 됐는데?"

"누나랑은 그렇게 헤어졌어요. 사장이 딴짓을 하니까 사업이 잘될 리 없죠. 납품한 물건이 자꾸 반품돼오고. 물건이 안 좋다고 말들이 나니 거래처는 떨어져나가고."

이유 모를 깊은 후회가 밀려온다. 그녀를 그렇게 쉽게 포기하는 게 아니었는데. 내가 좀더 굳건하게 나를 믿었어야 했는데. 왜 그렇게 바보처럼 포기를 했을까? 너를. 또 나를.

"그래서 다 털어먹었어?"

진수가 자조적인 미소를 지며 담배를 비벼 끈다.

"그래도 그때 정리했으면 좀 나았겠죠. 있는 재고로 납품할 때 납품하고, 미수금 받아서 급한 거 막았으면 그런대로 정리가 됐을 텐데, 그때 성택이 형은 내가 알던 그 사람이 아니더라고요. 한 건만 잘하면 다 해결된다고 여기저기서 돈 끌어다 쓰고, 그래서 쫄딱 망했어요. 빚만 남고."

"그래서 너도 그만뒀구나?"

"나중에 혼자 남아서 회사 정리하고 직원들 월급도 되는 대로 정리해주고요. 결국은 수습이 안 돼서 집이고 뭐고 다 경매에 넘어갔죠."

나는 할말을 잃고 담배만 피웠다. 진수가 나를 만나고 싶어한 이유를 깨달았다. 그렇게 모든 게 다 잘못돼버리고 나니 내가 생각났을 것이다. 난 진수에게 사과를 받을 생각이 전혀 없었다.

그녀가 성택이 형과 헤어졌구나. 나는 잘되고 있는 줄로만 알고 있었는데. 그때 나는 진수는 물론이고 그녀와 관계된 모든 사람들을 잊고 싶었다. 그녀를 생각할 때마다 못 견디게 힘들었으니까. 그래서 잊고 싶었다. 잊었다고 생각했는데. 이 봄에, 흐린 한낮에 그를 만나 또 후회하고 만다.

"그래서 성택이 형은 지금 뭐해?"

"처음엔 술만 먹고 집에선 말 한마디 없이 지내다가 조금 지나니까 다시 사업을 해보겠다고 여기저기 알아보더라고요. 그런데 잘못을 너무 많이 해놔서 그쪽 업계에서도 완전히 외면당하고 도와주는 사람이 없더라고요. 누나랑은 그때쯤 헤어지고 저희랑도 소식이 드문드문해요. 지금은 창원에 어디 조선소에서 막일하고 있다더라고요. 저도 성택이 형 못 본 지 좀 됐어요."

어이가 없다.

"그 형이 그렇게 될 줄이야. 진짜 똑똑한 사람이었는데."

"사람이야 똑똑하죠. 근데 한번 잘못되니까 헤어나오질 못하더라고요. 책임감 없는 사람이죠. 하여간 그렇게 됐어요.

그래서 김 과장님한테 더 죄송해요."

나는 그저 잊혀진 사람이 되고 싶었다. 그 시간들을 다 잊어버리고 아무 일도 없었단 듯이 살고 싶었다. 그러나 진수의 이야기를 듣고 있자니 이 자리가 너무 힘들어졌다. 아니, 화가 났다. 가슴 밑바닥에서 분노가 치밀어올랐다. 앉아 있기가 힘들었다.

견딜 수 있는 계절_

지척의 모든 꽃나무가 계절에 겨워 숨겨둔 화사함을 폭죽처럼 터트리며 밀어낸 꽃잎들이 5월 햇살에 흔들리며 또 흔들린다. 12층 옹색한 아파트 창문으로 내려다본 놀이터에는 꼬마들이 어른들의 잔소리에도 아랑곳 않고 자기들끼리 뭉쳐 놀고 있다. 동생은 친구를 만난다고 나가버리고 나는 못생긴 강아지 한 마리와 경계를 두고 집을 지키고 있다.

꽃내음과 화사한 햇살에 드러날 나 자신이 너무 초라해질까봐 밖에 나서기 싫다. 온 세상이 더없이 화려하고 충만하게 피어나는 이맘때가 나는 언제나 힘들었다. 한낮의 햇살 아래에 누더기 같은 내 감정을 들킬까봐 거리로 나서기 싫었다. 심장을 가쁘게 하고 피까지 달착지근하게 데우는 봄밤에 할 일이라고는 사람을 사랑하는 일뿐인 거리에 홀로 나서기 싫다. 그래서 방구석에 누워 오래된 영화를 보고 또 보았던 이맘때가 떠올라 또 싫다. 또 당신과 함께한 봄나들이가, 실내 장식이 경박한 유원지에서 마셨던, 밍밍한 커피가 생각나 이 계절이 싫다. 그 시절, 당신을 잃을 것 같은 불안감이 피어오르는데도, 당당한 척 담담한 미소를 지으며 그까짓 사람 만나고 헤어지는 일상은 초연한 듯, 우리의 감정은 절대 흔들릴 일이 없다는 듯, 여유롭게 우리의 처지를 외면했던 내가 싫다. 이 봄날엔 더욱더 참담해진다.

겨울은 냉기 가득한 자취방엔 절망뿐이라 싫고, 여름은 감정을 다 풀어헤쳐야 하는데 감정이 말라붙어 싫고, 가을은 다가올 빈한하고 구차한 겨울 때문에 싫다. 한밤중에 눈을 뜨더라도 다시 꿈을 꾸며 잠들 수 있는, 봄이 좋다던 당신이 생각난다. 나는, 참 이렇게 이맘때가 싫다. 그래, 그때 당신은 그 사람을 무던히도 사랑한다고 생각했었다.

봄밤에, 오래된 어긋남_

한 번쯤 당신을 만나야 할까. 아니면 이대로 며칠 참고 다시 섬으로 돌아가야 할까. 상처는 오래전에 아물어 이미 새살이 돋았는데, 돋아난 새살 밑에 실핏줄이 새삼 가렵고 아프다. 다시 감각을 찾은 핏줄들은 안으로부터 곪아터져, 아물었던 상처로 핏물이 배어나온다.

이상한 것은, 내 맘은 당신을 만나야 한다고 소리치고 있다는 것. 지금이라도 만나 비겁했던 그때의 나를 용서해달라고, 모든 것이 다 내 나약함 때문이었다고 말해야 했다. 당신은 이별을 말할 수밖에 없었고, 나는 진작 그렇게 될 수밖에 없었음을 알고 있으면서도, 당신이 통보한 결별에 모든 손해를 내가 감내하는 것처럼 상황을 만들고 받아들인 그렇고 그런 남자가 된 것에 대해서도 당신에게만은 이제라도 고백해야 했다.

어쩌면 당신도 다 알고 있는지 모르겠다. 장래에 대한 얘기만 나오면 말을 돌리고, 언제나 내일이 아닌 그보다 더 먼 훗날에 대해서만 떠들었던 나. 당신이 지나가는 말로 자신을 힘들게 하는 것은 궁핍한 삶과 외로움인데, 궁핍한 삶이야 바꿀 수 없겠지만 혼자 감내해야 하는 외로움은 둘이 있으면 바꿀 수 있을 것 같다고 얘기할 때, 나는 이렇게 대답했다. 우리는 외롭지도 궁핍하지도 않을 거라고. 절대.

사실은, 나, 두 가지 다 자신이 없었다. 외롭기도 싫었지만 너를 궁핍하게 하는 것도 싫었다. 가난한 내 옆에 서 있어야 할 네가 싫었다. 홀어머니에 너까지 짊어지고 그 구질구질한 가난의 길을 걸어갈 자신이 없었다. 그래서 어쩌면 성택이 형이 너에게 관심을 보이고 너를 자꾸 자리에 불러낼 때 모르는 척했는지도 모른다. 거기에 네 사촌 진수까지 형의 호의에 이끌려 그를 의지하고 믿음이 두터워지기 시작하자 나는 더욱 뒤로 물러서게 되었다. 그때 우리의 관계를 말하고 그가 너에게 다가가지 못하게 할 수도 있었는데. 괜히 그에게 주눅들었음에도 알량한 그 무엇으로 그가 우리 사이에 끼어들지 않으리라 낙관했지. 그래, 아마도 나는 그때부터 네 곁을 떠날 핑곗거리가 생기기를 기다렸는지 모른다.

너를 처음 만났던 날을 기억한다. 고깃집에서 진수가 사촌 누나라며 너를 소개했었다. 술자리가 이어지던 저녁 내내 고개를 숙인 채 고기를 굽다가 다 익은 고기는 진수 앞에 또 내 앞에 밀어놓고, 못 마시는 것처럼 술잔의 술을 조금씩 남기며 무채만 조금씩 집어먹던 너. 너는 술자리 내내 얼굴색이 변하지 않았다. 진수와 나의 농담에 가끔 단발머리에 가려졌던 흰 얼굴을 들고 나를 정면으로 응시할 때 나는 알았다. 네 안엔 굳건한 담장이 쌓여 있어 어떤 외부의 공격에도 너는 부서지지 않고 버틸 수 있다는 것을. 네가 원할 때만 너의 마음이 열리리라는 것을.

이유는 모르겠지만 너는 아주 힘든 시기를 겪어온 듯했다. 네 눈은 내가 아니라 내 안을 들여다보고 있음도 알았다. 그때 이미 너는 내가 닿을 수 없는 사람임을 알았다. 아무리 내가 너를 갈망해도, 너는 언제나 나보다 더 높은 곳에 있고 언제나 꿈을 꾸며 살아가리라는 것을 알았다. 그래서 나는 너를 내 온 마음과 온몸으로 갈망했다. 닿을 수 없는 사람이기에. 그후였다. 너는 만날 때마다 나만을 배려했고, 언제나 나를 기다려주었고, 언제나 내 얘기를 들어주었다. 나보다 세상을 더 잘 알고 있는 사람처럼.

네가 홍천 집에 다녀온다고 한 날은 모두가 들뜬 금요일 봄밤이었다. 버스터미널에선 사람들이 사랑하는 사람을 떠나보냈고, 친구들은 주말여행을 떠났고, 연인들끼리 여행을 떠났고, 피곤한 일주일을 마치고 집으로 돌아가는 만큼 분주했다. 너를 바래다주러 간 버스터미널에서 다음날 몇시쯤 올라오느냐고 물었다. 너는 일요일 오후쯤 올 거라고 했다. 나는 내일 너와 여의도공원으로 놀러가려고 했는데 다 엉망이 됐다고 투정을 부렸다. 너는 미안하다고 했다. 꼭 집에 다녀올 일이 있다고. 빠질 수 없는 일이 있다고. 나는 알았다며 뚱한 표정을 덧붙였다. 네가 버스에 올라탄 후 나는 바로 돌아섰다. 네가 버스 안에서 전화를 했을 때에도 나는 기운 없는 목소리로 잘 다녀오라고, 나는 내일 친구들과 술이나 한잔하고 일찍 자겠다고 말했다. 실은 네가 집에 다녀온다고 했을 때 나는 홀가분했다. 너와 있으면 자꾸만 우리가 살아가야 할 미래를 얘기해야 했고, 그럴 때 너의 무겁고 조용한 분위기가 나를 옥죄는 것처럼 느껴졌으니…… 이런저런 이유로 네가 없는 시간이 홀가분하게 느껴졌다.

나는 다음날 오후부터 친구들과 그들의 여자친구들을 만나 저녁과 커피와 술을 즐겼고, 클럽까지 가서 신나게 놀고 택시를 타고 집으로 돌아왔다. 휴대전화 배터리가 방전된 채로. 집 앞에 내렸을 때 너는 5월의 쌀쌀한 밤거리에서 회색 정장 차림의 추운 모습으로 기다리고 있었다. 적당히 오른 취기와 웃고 떠들고 춤을 추고 온 덕분에 택시에서 내릴 때까지 상기된 나는, 너를 그 시간 그 장소에서 만났을 때 놀랐다. 어떤 죄책감에. 그리고 늦게라도 나를 만나러 와준 기쁨에. 그 순간 나는 네가 내 사람이라고 느꼈다.

그리고 그 동네 그 여관방에서 소주 두 병과 마른안주로 밤을 새운 날, 나는 너를 진심으로 사랑하는 것 같다고 고백했다. 그때 너는 고개를 돌리고 흐느껴 울었다. 멍청하게도 나는 그 울음이 기쁨의 눈물인 줄 알았다. 집에 다녀온 일은 잘됐냐는 나의 물음에 네가 별일 아니라고 했을 때, 나는 알았어야 했다. 네게 무슨 일이 생겼다는 것을. 새엄마와 오빠가 심하고 다투었고 그 오빠는 너의 아빠와 또 다투었고, 결국 서로가 의절하기로 한 사실을 조금이라도 눈치챘어야 했었다.

그날 나는 너와의 관계에서 시작을 보았고, 너는 나와의 관계에서 끝을 보았겠지. 그리고 우리는 어긋나기 시작했다. 언제나 어긋나고 엇갈려가는 게 사람 사는 일이란 걸 나는 많은 시간이 지난 후에 알았다. 그래, 지금 이 순간도 너의 시간과 나의 시간이 엇갈리고 있구나. 그리고 지금 다시 오래된 상처에서 피가 배어나오고 있구나. 이 봄밤에.

곪은 상처가 다시 터지고_

한국에서의 시간이 이틀밖에 남지 않았는데 나는 봄밤의 감정에서 헤어나오지 못하고 있다. 어쩌면 이젠 너를 만나볼 수도 있겠다는 설렘과, 어리석고 치졸해 한 번밖에 가질 수 없었던 소중하고 아름답던 시간들을 마주하지 못한 채 등을 보이고 돌아섰던 자책감이 복잡하게 엉켜 마음이 어지럽다. 당장에라도 섬으로 돌아가고 싶다가도 오늘 저녁에라도 너를 만나 그 시간들에 대해 추억하고 이해하고 용서받고 싶어지기도 한다. 이젠 그만 나를 용서하고 화해하고 싶어지기도 한다.

전화벨이 울린다. 망설이다 전화를 받았다. 왠지 그녀가 나를 찾는 전화일 것 같아 가슴이 두근거린다.

"형, 저 진수예요. 모레 가시죠?"

"그래. 왔으니 또 가야지."

"바쁘지 않으면 오늘 술 한잔해요. 지난번에 형이 저 술 사준다고 했잖아요."

진수가 굳이 또 전화를 해 나를 한 번 더 만나자고 하는 이유가 뭘까 잠시 생각해본다. 오늘 진수를 만난다면…… 혹시 그녀가 같이 나올지도 모른다는 생각이 스친다.

약속을 잡고 멍하니 창밖을 바라보았다. 혼란스럽고 들뜬 마음으로 시계만 쳐다보았다.

서울의 한낮은 등허리에 땀이 날 정도로 덥지만 밤 기온이 일 년 내내 30도가 넘는 열대지방에서 살다온 나에겐 쌀쌀하게 느껴진다. 셔츠에 겉옷을 걸치고 저녁 시간이라 혼잡할 걸 감안해 일찍 나섰다. 여느 때처럼 봄밤이 감미롭다. 성산대교를 넘어가는 택시는 차량에 밀려 더디게 움직인다. 검은 강물 위로 가로등 빛 입자들이 흘렀다. 세상의 오만 잡동사니들을 싣고 흘러간 강물은 되돌아오지 못하는데 나는 그 강물을 거슬러 추억을 만나러 가고 있다. 그 길은 더디고 멀다. 택시는 한강 다리를 건너 목동에 도착했다. 진수는 아직 약속 장소에 도착하지 않았다. 빌딩 옆 골목으로 들어가 담배를 피웠다. 보도블록 위엔 여러 사람의 기다림과 초초함으로 타버린 담배꽁초들이 버려져 있다. 나도 기다림을 태우며 행인들과 불 밝힌 차량들의 행렬을 구경했다.

진수가 다가와 나를 부른다. 진수를 따라 골목으로 들어갔다. 골목은 사람들로 가득하다. 그 많은 사람들 사이를 헤치고 골목 끝 일본식 선술집으로 들어갔다. 어두운 조명에 술집 손님들의 얼굴이 선명하지 못하다. 입구 쪽 빈자리에 앉았다. 진수는 이 술집을 자주 와본 듯 메뉴도 안 보고 주문을 한다. 사케와 어묵을 앞에 두고 별말 없이 술 몇 잔을 마셨다. 별빛 달빛 없이, 바다 없이 마신 술에 취기가 금방

오른다.

"하여간 형. 미안해요. 그땐 내가 너무 철이 없었어요."

"그 얘기는 그만하자. 다 지난 일인걸. 그리고 다 잊었다."

그래. 잊기로 하자. 별일도 아니었는걸. 너는 너대로 최선을 다한 일인걸. 결혼을 앞둔 남자가 사랑하는 여자를 위해 못할 일이 뭐가 있을까. 그까짓 아는 선배 자리를 빼앗는 일이고, 고작 밥그릇 싸움인 것을. 식구를 위해 사냥터를 확장하고 경쟁자를 몰아내는 일은 세상에서 아주 자연스러운 거다. 그래, 넌 아직 내게 착한 사람이다.

"형. 누나가 나오기로 했어요."

진수는 정말 미안한 얼굴을 하고 고개를 돌린다. 막상 간절히 기다리던 말을 들었는데 전혀 준비가 안 된 것처럼 당황스러워진다. 억눌러놨던 취기가 한꺼번에 올라온다.

"왜? 지금 만나서 뭐하게. 괜히 서로 힘들기만 하지. 네 얼굴 봤으니까 됐다. 그만 일어날게."

자리를 피하고 싶다. 당신이 나를 다시 볼 생각을 했다는 그것 하나만으로도 충분해진다. 이거면 충분하다. 나만 혼자 힘들고 나만 혼자 후회하고 산 건 아니었다는 걸 알았으니까. 이거면 충분하다. 그냥 일어나자. 그냥 내일 밤에라도 섬으로 돌아가자. 외롭지만 괴로움은 없는 그곳으로. 그냥 버티기만 하면 만사가 다 괜찮은 그곳으로.

당신은 내 뒤에 서 있었다. 웃음을 짓고. 길고도 긴 시간. 세상에 투정을 부리듯 우리의 시간에 대한 책임을 내팽개치고 서진을 따라 먼 나라로 도망가고, 태양과 바다뿐인 섬에서 지난 시간만을 뒤적이고 후회하고, 서진이 죽고, 닫힌 섬에 나는 홀로 남고. 결국 가질 수 없으니 버리는 수밖에. 지난 시간들을 버리고, 남아 있는 시간들을 버리고, 나를 버리고. 지니고 있으면서 용서할 수 없었기에. 그렇게 다 버렸는데. 당신은 지금 그 시간들을 건너와 우리 사이에 아무 일도 없었다는 듯 미소를 짓고 있구나.

"오래간만이야. 잘 지냈어?"

당신은 진수를 안쪽으로 밀고 내 앞에 앉는다. 낮은 조명의 술집 안에 떠돌던 소음들이 멀어지고 당신을 제외한 모든 배경이 흐려진다. 당신은 여전히 짧은 단발머리를 한 손으로 쓸어올린다.

"내가 반갑지 않은가봐? 나는 굉장히 반가운데."

종업원이 술잔을 하나 더 갖다놓는다. 진수는 그녀의 술잔에 술을 채운다. 그녀는 여전히 술잔을 반쯤 꺾어 마시고 잔을 내려놓는다. 그리고 나를 바라본다. 나도 어쩔 수 없이 당신을 바라본다. 세월의 흔적이 보인다. 머릿결도, 피부도, 눈가와 입가로 맺히는 그 무엇도 이제는 예전 같지가 않다.

"나 많이 변했지? 당신도 나이가 들어 보이는 건가?"

당신이 나이든 것보다 내가 나이를 먹은 것이 더 부끄럽다.

난 당신 앞에서 애써 무심하게 보이려고 노력한다.

"근데 당신은 얼굴이 나이들어 보이는 게 아니라 되게 여유로워 보여. 꼭 세상을 달관한 사람처럼. 거기서 도를 많이 닦았나보네."

그러곤 당신, 환하게 웃는다. 내 마음이 술에 젖어간다. 한 잔을 또 마셨다. 진수도 마시고 당신도 남은 반잔을 마신다. 내가 술병을 들고 당신 잔에 술을 채우고, 진수 잔에 술을 채우고, 내 잔에 술을 채운다. 당신은 술병을 뺏어들고 대신 내 잔에 술을 채운다.

"여전하네. 자작하는 습관은. 좀 기다려봐. 다른 사람이 술 따라줄 때까지. 옛날부터 기다리는 거 못했지만."

난 술잔을 들고 같이 한잔하자는 눈짓을 했다. 진수가 같이 술잔을 든다. 당신은 빤히 나를 쳐다본다.

"나 이젠 술 많이 안 마셔."

대신 진수가 단숨에 술잔을 비운다. 나도 비운다. 내가 술 한 병과 안주 하나를 더 시켰다. 그 술을 한 잔씩 더 마셨다. 우리는 어제 헤어졌다 오늘 만난 사람들처럼 소소한 일상을 얘기했다. 진수가 먼저 일어선다.

"형, 저 먼저 들어가볼게요."

나는 용기를 내 당신의 이름을 부른다.

"선영아. 우리도 일어나자."

진수가 끼어든다.

"아니에요. 저 먼저 들어갈게요. 형은 누나하고 얘기 좀 하다 가세요. 누나도 더 있다 와. 할 얘기 많잖아."

"아냐. 진수야. 할 얘기가 뭐 있어? 얼굴 봤는데."

"에이. 좀 있다 가셔요. 누나도 할 얘기가 있대요."

진수는 서둘러 자리를 피한다. 당신과 나는 침묵한다. 당신의 얼굴에서 웃음기가 빠져나간다. 당신의 표정이 깊어진다. 나도 따라서 내 맘속으로 숨는다. 당신은 다시 묻는다.

"잘 지냈어?"

난 어쩌지 못하고 거짓말을 한다.

"그냥 그렇지. 특별한 일 있나. 사람 사는 거 똑같지. 너는?"

"미안해. 나는 잘 지냈어. 물론 가끔 걱정도 했어. 그래도 난 잘 지냈어."

당신은 다시 웃는다. 그 웃음에서 무언가를 씻어낸 듯한 후련함이 스친다.

"아직 결혼 안 했다며?"

"응."

"왜? 이젠 결혼해."

나는 부끄럽다. 아직도 혼자인 내가.

"누가 나 같은 사람한테 오려고 해. 더구나 그 오지에서 사는 사람한테."

"그쪽 여자들 예쁘지 않아? 티브이 보니까 굉장히 예쁘더라."

말에 말을 이어간다.

"예쁘긴 하지만 말도 잘 안 통하고, 더구나 살아온 환경이 너무 달라서."

"뭘 그래. 사람 다 똑같지. 거기 사람이나 여기 사람이나. 그리고 말 안 통하는 건 한국 여자도 똑같아. 살다보면 다 같아져."

편안한 얼굴로 나를 보는 당신이 미워져 묻는다.

"너는 어때?"

"무슨 말이야?"

"성택이 형하고 만나다 헤어졌다며. 다른 사람 만난 거야?"

할말이 많지만 그것을 외면하는 방법은 술을 마시는 것이다. 당신도 나도 또 한 잔을 마신다.

"진수 얘기론……"

날카로운 말을 내뱉다가 곧 나는 뒷말을 잇지 못한다. 당신에게 모진 말이 될까봐.

"그런데도 잘 지낸 거야?"

"당신 아직도 힘들구나. 그럴 줄 알았어."

당신이 한숨을 내쉬더니 말을 잇는다.

"내가 전에 그랬잖아. 세상이 무섭다고. 너무 외로워서. 주위에 아무도 없어서. 나를 위해 세상을 살기엔 자신이 없다고, 내 맘을 걸어둘 사람이 필요하다고. 당신 떠나고 그 사람을 만나고 또 떠나보내고. 그러면서 자꾸만 외로워질 거라고 생각했는데, 그때는 당신에 대한 기억이 내 맘속에 옹이져 있었나봐. 그런데 여러 일을 겪고 나니까, 오히려 후련해. 그냥 지금이 괜찮아졌어. 나, 이젠 세상이 안 무서워."

난 화가 난다. 당신도 나를 기억하고 있었다. 내가 당신에게 아무것도 아닌 존재는 아니었던 거다. 당신에게 내 비겁함과 어리석음이 경멸의 대상만은 아니었던 것 같다. 그런 사실 때문에 기쁘면서도 화가 난다. 남들처럼 잘 살고 있었으면 좋았을 텐데, 당신이라도 남부럽지 않게 살고 있으면 좋았을 텐데 하는 이율배반적인 감정이.

"그래서 이제 어떻게 살 거야? 혼자서 괜찮겠어?"

"그래. 당신은 맨날 걱정이 많았어. 뭘 먹어야 하는지. 뭘 해야 하는지. 그것도 다른 사람 걱정을 대신해서."

아니. 나는 당신 걱정만 많이 했다. 당신이 살면서 다른 사람들 눈에 구차해 보일까봐. 당신이 살면서 다른 사람들에게 아쉬운 소리를 하며 살게 될까봐. 당신이 살면서 세상에 무시당할까봐. 그까짓 내 마음이야 다 주는 거 어렵지 않지만 당신을 세상으로부터 편안하고 풍족하게 해줄 수 없었기에 언제나 걱정이었다.

"걱정하지 마. 사랑할 때 사랑하지 못하고. 지나간 다음에 사랑하고 후회하고. 그러면서 사는 거지. 그렇지 않아?"

"사람 사는 게 다 어긋남의 연속인데. 엇갈리고 어긋나고.

그리고 후회하고. 그렇게 사는 거지."

당신은 이미 다 알고 있었다. 이렇게 지나간 시간들이 한 번쯤은 이런 곳에서 교차한다는 것을. 맞은편 차선에 정차한 버스에 비친 서로를 차창을 통해 확인하고 손을 흔들고. 그리고 서로의 버스는 정류장을 출발하고.

나는 깊이깊이 담아놓았던 말을 한다.

"미안해. 그땐 내가 많이 잘못했어. 내가 좀더 정직했어야 했는데. 안 될 땐 안 되더라도 그렇게 무책임하게 해서는 안 됐는데. 많이 미안했고, 어쨌든 내가 잘못했다. 이제와 소용은 없지만."

당신은 갑자기 키득대며 웃는다. 한 손으론 입을 가리고 한 손으론 허벅지를 치며 크게 웃는다.

"이젠 철들었네. 미안하다는 말도 하고. 진짜 거기서 되게 생각 많이 했나보다. 물론 당신 성격이 가슴에 꼭꼭 담아두는 타입이긴 하지. 힘들었겠구나. 이렇게 우리 둘 다 잘 살아남았잖아. 그거 알아? 진수도 진짜 열심히 산다. 옛날에 그렇게 살았으면 돈 많이 벌었을 텐데. 어쨌든 진수도 이젠 어른이 됐어. 우리도, 당신도 그때보다 훨씬 보기 좋다. 여유 있어 보여. 세상살이 다 알아버린 것 같아."

당신의 목소리가 어느덧 온화해져 있다. 그것은 이미 여러 감정의 굴곡을 지나온 사람의 것이다.

“난 이제 혼자지만, 마음이 편해. 자다가 깨지도 않고. 그러니까 자신을 괴롭히지 마. 다 잊어. 알겠어?”

안다. 당신의 마음을. 그때 그 시간들은 그대로 놔두고, 또 그 시간에서 이어져 나와 전혀 다른 길로 이어진 다른 시간과 다른 사람들 속에서 계속 살아가보자는 그 맘을 잘 안다. 나도 진작 알고 있던 사실들이다. 다만 당신을 한번 만나 당신도 나와 같았는지를 알고 싶었을 뿐이다. 이제 다 알았다. 당신과 나는 여전히 이 세상에서 같이 살아가고 있다는 것을. 그것이면 충분하다. 그리고 이제는 그만 일어나야겠지. 당신의 얼굴에 취기가 오르고. 내 맘에도 취기가 오르는데.

우리는 술집을 나왔다. 그리고 횡단보도 앞에서 각자의 택시를 기다렸다. 당신의 택시가 먼저 섰다. 정겹게 나를 쳐다보고 손을 흔든다. 당신의 미소가 어릴 적 그때의 단발머리 여자와 겹쳐진다.

“잘 살아.”

“너도.”

그렇게 지난 시간이 아무것도 아니었다는 듯 당신이 탄 택시가 떠나가고, 당신이 멀어져간 밤거리에서, 배 속부터 시작된 통증이 뒷목을 타고 오른다. 통증을 참아낼 수 없지만 고개를 숙이고 오래 걷는다. 오래된 상처에서 피가 배어나온다.

어설프게 꿰맞춰 봉합하고 안에선 곪도록 방치했던 상처가 당신을 만나고 헤어진 이 봄밤, 횡단보도 앞에서 터져버렸다. 난 안다. 이 상처가 이제 제대로 아물면 다시는 덧나는 일이 없으리라는 것을. 다만 지금 당신을 만나고 헤어진 이 거리에서 느끼는 통증은 참아내기 힘들다. 양팔로 가슴을 감싸안고 고개 숙여 걷는다. 눈에 띄는 술집으로 무작정 들어갔다.

다음날 아침, 낯선 여관방에서 눈을 떴다.

나의 섬_

낡고 커다란 여행가방을 끌고 출국장에 들어가 탑승 수속을 마쳤다. 내국인만큼 많은 외국인들 틈에 섞여 24번 게이트로 갔다. 구석진 자리에 앉아 활주로를 바라보며 귀를 닫고 마음을 닫았다. 커다란 유리벽에 빗물이 수없이 방울져 굴러떨어지고 활주로 뒤편으론 어둠이 짙어간다. 어둠에 가려 보이지 않는 빗줄기에 막바지 봄꽃들이 떨어지고 곧 여름이 올 것이다. 가을도, 겨울도, 내가 떠나야 하는 이 땅엔. 그래. 돌아가자. 시간이 천천히 흐르는 그 섬으로. 오직 순수한 욕망만이 인정받는 곳. 기쁘면 기쁘다고 얘기하고, 화가 나면 화를 내고, 배가 고프면 배가 고프다고 얘기하는. 사랑하고 싶으면 사랑해야 하고, 소유할 수 없다면 목숨을 끊어버리고 마는, 그런 사람들이 살고 있는 나의 섬으로. 돌아가자.

오랜만에 만난 베네딕은 어딘지 모르게 기운이 없어 보인다. 소의 눈망울처럼 커다랗고 깊은 눈도 탁하다.

"베네딕, 어디 아파? 기운이 없어 보인다."

희미하게 웃는다.

"너는 어때? 한국에 가서 잘 쉬다 왔어?"

베네딕이 내 눈을 쳐다본다. 나는 그간의 일을 설명했다. 아쿠아마린에서 독점 공급을 요구하며 계약금 2천만 원을 제시해 계약서에 사인을 한 것과 건강검진을 받은 것을.

"몸은 어때?"

"별건 아니고, 신경 많이 쓰고 술 담배를 많이 해서 혈액 순환이 좀 안 좋아 편두통이 있다고 해. 좀더 검사를 해보자고 하던데 시간이 없어서."

베네딕은 한심하다는 듯 나를 쳐다본다.

안쏘가 부엌으로 가 커피 한 잔씩 더 타온다. 나는 아쿠아마린에서 돈을 받을 때부터 줄곧 생각해왔던 계획을 얘기했다.

"베네딕. 선착장이 다 부서져 수리를 해야 할 것 같은데. 우리, 선착장 보수작업이나 하자. 만 달러면 되지 않을까?"

안쏘가 깜짝 놀란다.

"진짜? 킴. 네가 선착장 수리해줄 거야?"

"그럼 내일부터라도 동네 사람들에게 알려서 준비 좀 하라고 해. 자재하고 음식은 우리가 다 준비한다고."

안쏘는 벌써부터 하루에 한 번씩 자재 구입을 위해 웨노섬을 들락거릴 생각으로 들뜬다.

"안쏘. 우리 파티 하는 거 아냐. 공사하는 거야."

"맞다. 킴, 공사 끝나면 우리 파티 하자. 내가 사람들한테 준비하라고 할게. 바비큐도 하고, 술도 마시고."

안쏘는 벌써 공사를 끝내고 동네 남자들과 함께 술 마실 계획까지 세워놓는다. 나는 포기한다.

"알았어. 네가 다 알아서 해. 대신 부둣가 보수작업은 확실히 해야 해."

"킴. 마을 사람들이랑 물고기도 많이 잡아오고 빵나무도 충분히 마련할게. 그리고 너 좋아하는 타피오카도 특별히 준비할게. 사람들이 신경을 많이 쓸 거야. 자기 일들을 다 제쳐놓고."

아무도 시간에 얽매여 살지 않는데다, 설사 직업이 있다 해도 마을에 행사가 있으면 열 일 제치고 참여하는 게 관습이라서 보수작업 기념이라는 명분 좋은 행사가 있을 때 섬 사람 모두가 참가하는 건 당연한 일이다.

여지없이 날씨는 뜨겁고 바다는 푸르렀다. 선착장 보수작업은 별 탈없이 마무리되었다. 부둣가 공터에 설치한 천막 아래 주민들이 빼곡히 모여앉고 행사장 주변은 뛰노는 아이들로 소란스럽다.

조촐한 행사의 시작을 알리는 안내 방송이 나오고 뒤이어 포노 섬에 하나밖에 없는 교회의 담임목사가 감사기도를 했다. 교회 성가대의 축가가 이어졌다. 마지막으로 베네딕이 한마디를 하는 순서가 이어졌다. 웅얼거리는 낮은 목소리로 축사가 진행되고 있는데 갑자기 사람들이 술렁이기 시작했다. 베네딕이 연설을 멈추고 하늘을 바라보았다. 나도 눈부신 푸른 하늘을 가는 눈으로 바라보았다.

하늘 높이 까마득한 곳에 검은 점들이 떠 있다. 검은 점들이 선회하고 있다. 나는 좀더 집중해 하늘을 올려보았다. 처음엔 갈매기 대여섯 마리인 줄로만 알았다. 모습은 갈매기 같지만 갈매기는 절대 그만큼 높은 곳에서 날지 않는다. 이곳에 오래 살면서도 자주 볼 수 없었던 저 새는 알바트로스다. 바다를 떠나 살 수 없는 새. 그들의 비행은 웅장하다. 양 날개를 펼치면 3미터가 넘고 다른 어떤 새들보다 멀리 오래 날 수 있는데, 그 이유는 자신의 힘으로 나는 것이 아니라 바닷바람을 타기 때문이다. 자신의 날갯짓으로는 오래 날 수 없어 폭풍의 때를 기다린다고 한다. 바람에 몸을 맡기는 습성을 가진 만큼 그들은 바닷바람을 타고 날아오르는 법을 알고, 동양에서 알바트로스는 '하늘을 믿는 노인'이라는 뜻으로 '신천옹'이라고도 불린다. 날갯짓을 하지 않고도 엿새를 활공한다고 하니 과연 하늘을 알고, 때가 되면 비행을 시작할 줄 아는 존재이다.

대양의 무인도 절벽에서 외따로 가족을 이루며 서식하는 알바트로스는 단독 비행을 하는 새다. 특별한 경우가 아니면 무리를 짓지 않고 단독으로 몇천 킬로씩 비행한다. 그 알바트로스가 무리를 이루어 포노 섬 창공에서 선회하고 있다.

그때 갑자기 베네딕이 연단에서 내려와 집으로 향한다. 영문을 모르겠다. 축사를 마치지도 않고 왜 갑자기 집으로 돌아가는지 이해할 수 없다. 더 이해할 수 없는 건 마을 주민들도 일제히 아무 말 없이, 돌아가는 베네딕의 뒷모습만 지켜보고 있다는 거였다. 행사장 분위기는 갑자기 침울해졌다. 주민들도 하나둘씩 자리를 뜬다. 심지어 나누어준 음식마저 의자 위에 놓은 채 돌아간다. 어느새 공터에 정적만이 남는다.

나도 베네딕 집으로 올라갔다. 마당으로 들어가니 베네딕이 의자에 앉아 생각에 잠겨 있다.

"베네딕, 왜 그냥 돌아왔어? 네가 말없이 가버리는 바람에 파티가 엉망이 됐잖아. 안쏘도 안 보이고."

베네딕은 슬퍼 보인다.

베네딕을 처음 본 게 언제더라. 몇 번 현지인들 행사에서 만나 얼굴은 익혔었지만 서진의 장례식 후 베네딕이 참치를 갖다주며 인사를 나눈 게 제대로 된 첫 만남인 듯하다. 그후 몇 번을 더 만났고 우리는 가까워졌다. 내가 울적할 때나 힘이 들 때 찾아가 술 한잔씩을 나누다보니 어느새 우린 친구가 되어 있었다. 웨노 섬에서 지내기가 심적으로 너무 힘들고 경제적으로도 어려워서 포노 섬으로 숙소를 옮긴 후 더 자주 만나게 되었고, 내가 베네딕에게 더 많은 신세를 졌다. 그러고 보니 나는 항상 신세만 졌다. 언제나 내가 찾아가 술 한잔하자고 하고, 어려운 일이 생기면 도움을 받고, 베네딕은 때론 친구처럼 때론 형처럼 그리고 언제나 내 보호자처럼 행동했다. 더구나 이번 관상어 사업은 베네딕이 아니었다면 시작조차 할 수 없는 일이었다. 그런데 난 한 번도 베네딕에게 보탬이 된 적이 없었다. 베네딕에게 크게 고마움을 느껴야 하면서도 그걸 당연하게만 생각해왔다.

"베네딕, 그러고 보니 우리가 안 지도 꽤 됐네."

나는 쑥스러워 고맙다는 말을 하지 못했다. 돌아온 안쏘는 쭈뼛대며 서성인다. 난 베네딕에게 그만 웨노 섬으로 돌아가겠다고 했다.

안쏘와 선착장으로 가는 길에 물었다.

"안쏘. 주민들이 못 볼 걸 본 것마냥 허둥지둥하고, 베네딕은 행사 마무리도 안 하고 집으로 가고. 무슨 일인 거야?"

"아무 일도 아니야."

그러나 안쏘의 표정은 무언가 알고 있지만 절대로 말할 수 없다는 듯 단호하다. 베네딕의 허락이 없으면 그 무엇이든 절대 얘기하지 않는다는 걸 그동안의 경험으로 알 수 있었다.

그동안 보수공사 때문에 소홀했던 관상어 채집을 시작했다. 평상시처럼 아침이면 포노 섬으로 출근해 채집 준비를 돕고 필요한 자재들을 확인하고 주문받은 관상어 물량이 채워지면 항공편으로 보냈다. 하지만 이상한 것은, 알바트로스가 무리 지어 포노 섬 상공을 선회하고 돌아간 다음날부터 섬 전체에 무거운 정적이 감돌고 있다는 거였다. 동네 사람들은 외출을 삼가고 대부분 집 안에서 머물렀다. 사내들도 말을 삼가고 조용히 낚시를 나갔다 돌아왔다. 간간이 집집마다 주위를 청소하는 소리만이 들렸다. 남자아이들이 숲속으로 들어가 땔감을 해오거나 철없는 꼬마들이 마을 공터에 모여 웃고 떠들면 지나가던 어른들은 눈을 부라리며 집으로 들어가라고 윽박질렀다.

베네딕의 얼굴_

주말이었다. 쉬는 날이지만 할 일 없는 나는 베네딕 집으로 갔다. 마당에 들어서니 디딤돌 위에 내가 괌에서 정성들여 고르고 골라 사온 샌들이 눈에 띈다. 코럴이 온 것 같다. 난 마당에 놓인 의자에 앉았다. 안쏘가 습관처럼 부엌으로 가 커피를 타다준다. 베네딕이 부스스한 얼굴로 마당에 나온다.

"집에서 할 일도 없고 심심해서, 점심이나 얻어먹을까 놀러왔어. 밥은 줄 거지?"

안쏘가 대신 대답한다.

"그럼. 킴은 언제든지 밥은 차려주지. 사장님인데."

옆에서 미소 짓는 베네딕의 얼굴이 지난번보다 더 안 좋다.

"어디 아픈 것 같다. 얼굴이 안 좋은데."

베네딕은 대답 없이 희미하게 웃는다. 난 탁자에 놓인 커피잔을 들어 한 모금 마셨다. 베네딕도 커피잔을 든다. 할 일 없고 무료한 토요일 오전에 우리는 마당에 모여 커피를 마시고 담배를 피운다. 그리고 채집한 물고기 얘기와 한국에서 내가 어떤 술집을 가고 어떤 음식을 먹고, 한국 여자들이 얼마나 예쁜지에 대해 이야기했다. 벌써 여러 번 말해준 것들이다. 안채 문이 열리고 코럴이 망고와 바나나를 한 접시 담아 내온다. 코럴이 과일 담긴 접시를 탁자에 내려놓으며 인사한다.

"킴. 샌들 고마워. 내 발에도 꼭 맞고."

난 애써 별일 아니라는 듯 대한다. 그리고 얼른 시선을 돌렸다. 코럴도 할말을 다했다는 듯 뒤돌아서 안채로 들어갔다. 난 전혀 몰랐다는 듯 얘기한다.

"코럴이 와 있었네. 학생들 가르치는 일은 할 만하대?"

안쏘가 대답한다.

"학생들이 잘 따른대. 지금까지 학교에 와 있던 역사 선생님 중에 제일 낫다고들 한다던대. 아! 그리고 곧 방학이니까 다음주부터는 코럴이 집에 와 있을걸."

이곳은 미국식 학기제를 따르기에 6월부터 긴 방학에 들어간다. 난 무심을 가장하고 대답했다.

"아, 그렇구나."

그리고 담배를 하나 더 피웠다. 베네딕이 뜻 모를 미소를 짓는다. 안쏘가 잠시 하르와 코페를 만나고 오겠다며 나갔다. 언덕 아래 해안으로 밀려오고 밀려가는 물살을 바라보던 베네딕이 고개를 돌려 나를 쳐다본다. 힘있는 눈길이다.

"킴, 몸은 괜찮니?"

뜬금없는 물음에 잠시 할말을 잃는다.

"왜? 나 건강해. 네가 더 안 좋아 보여. 난 네가 더 걱정된다. 힘도 없어 보이고."

나를 응시하고 있던 베네딕의 눈에서 푸른 불꽃이 보인다. 태풍이 오던 날, 코페와 하르를 찾으러 나갔던 그 밤에 보았던 눈빛. 그 눈빛이 나를 옭맨다. 온몸이 굳고 나는 어떤 생각도 할 수 없다. 애써 자연스러운 척 다시 대꾸했다.

"뭐 가끔 편두통이 있기는 한데 병원에서도 크게 걱정할 것 아니라고 하던데. 술 담배 좀 줄이고 스트레스만 덜 받으면 된다고."

"킴. 몸조심해. 많이 아프면 나한테 얘기하고."

어느새 베네딕의 눈에서 푸른 불꽃이 사라졌다. 난 베네딕의 눈에서 타오르던 푸른 불꽃을 분명히 보았으면서도 여전히 믿어지지 않는다. 다시 힘없는 표정으로 돌아간 베네딕의 얼굴에 슬픔이 퍼지고 있다.

찬거리를 사러 시내 나간 길에 코럴을 보았다. 같이 근무하는 학교 선생들과 어울려 걷고 있던 코럴은 내가 사다준 샌들을 신고 있다. 세상의 어떠한 위협에도 흔들리지 않을 것 같은 등허리는 꼿꼿했고, 어떤 험한 길도 걸어갈 수 있을 것 같은 힘찬 하체는 화려한 꽃무늬 치마로 가려져 있다. 수놓인 꽃무늬가 햇빛에 반짝인다. 차창을 내리고 인사를 할까 망설였다. 어디 가는 길이냐고. 혹시 내가 태워다줘도 되냐고 묻고 싶었다. 하지만 코럴은 나를 못 본 것 같다. 아니곁눈으로 본 것 같다. 코럴의 눈꼬리가 흔들렸으니까. 더구나 이 좁은 섬에서는 시내에서 굴러가는 대부분의 차 주인이 누구인지 거의 알고 있는데다, 낡은 푸른색 도요타에 미등이 깨진 차는 몇 대 없으니. 내 마음과는 달리 차가 정지하지 않았다. 브레이크를 밟지 않았다. 나는 스쳐지나갔다. 언제나 주저하고 망설이다가.

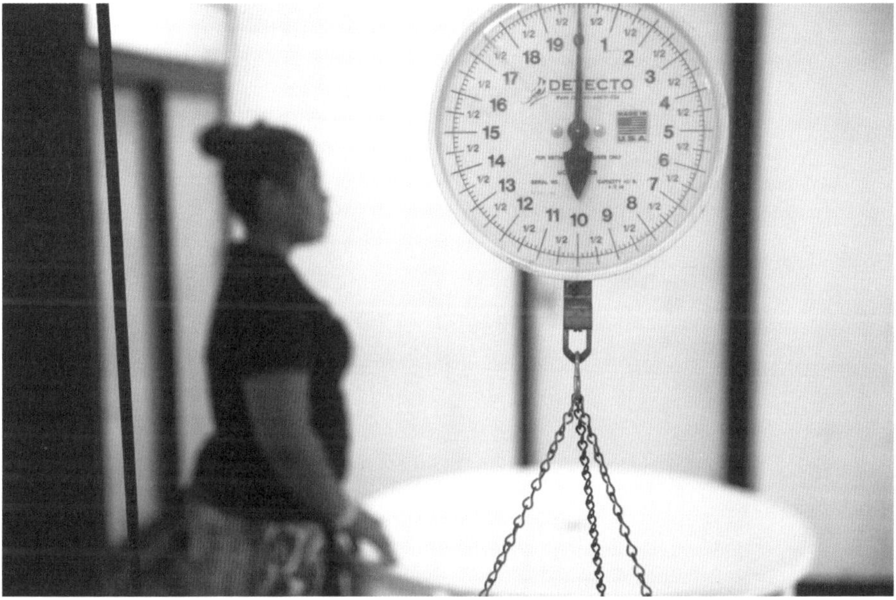
DETECTO

사이_

알바트로스 무리가 몇 번을 더 포노 섬 하늘 높이 선회했다. 바닷바람은 섬을 가만히 두지 않겠다는 듯 멈추지 않았고 마을의 분위기는 한껏 기묘했다. 잠도 자지 않고 날 수 있다는 알바트로스는 그 웅장하고 긴 날개를 펼치고선 며칠 동안 하늘을 지키다가 사라졌다.

불면의 밤_

소용이 닿지 않는 생각들과 헛것 같은 욕정에 시달리다 잠들고 일어난 아침, 머리가 무겁다. 식은 빵 한 조각과 커피 한 잔으로 몽롱한 정신을 일으켜 세우고 샤워를 했다. 주인집 내외는 벌써 아침 일과를 마치고 베란다에 앉아 지나가는 동네 사람들과 아침 인사를 주고받고 있다. 선착장에서 기다리고 있던 안쏘와 포노 섬으로 출근해서 어제 채집해놓은 물고기들을 확인했다. 베네딕은 건강이 더 안 좋아져 집에서 쉬고 있다. 어제저녁 늦게까지 물질을 했을 코페와 하르도 일어나지 않았다. 해변 야자 그늘 아래 멍하니 앉아 바다만 바라보았다. 매사는 순조롭게 진행되고 있는데 마음은 답답하다. 주문받은 물량을 채우기도 벅찰 정도로 관상어 사업은 잘되고 있는데 내 마음은 어지럽다. 이 순조로움에도 찾아오는 막연한 불안감 그리고 서울을 다녀온 뒤로 더 깊어진 허전함. 이제는 어떻게 살아야 할지 전혀 모르겠다.

옆에서 안쏘가 뭐라고 얘기하는데 잘 들리지 않는다. 눈을 찌푸리고 무슨 말인지 물어보려고 안쏘를 향해 고개를 돌리는데 날카로운 통증이 뒷목을 뚫고 지나간다. 갑자기 세상이 하얘지고 태양이 내 눈앞으로 달려든다. 야자나무가 기운다.

나는 정신을 잃었다. 그리고 나는 서늘한 바람이 부는 대나무 숲을 하염없이 걸었다. 몸은 상쾌해지고 마음은 행복했다. 대나무 숲에 함박눈이 내린다. 천천히 나풀거리며 떨어지는 눈송이들이 대나무 푸른 잎에, 내 팔뚝 위로. 목덜미로 떨어진다. 하늘을 가득 메운 눈송이들이 내 얼굴로 떨어진다. 그리고 눈을 떴다.

베네딕 집 앞마당 평상에 내가 누워 있다. 제일 먼저 코럴이 눈에 들어온다. 코럴이 물수건으로 내 얼굴을 닦아주고 있다. 얼른 몸을 일으켰다. 코럴이 내 어깨를 누르며 나를 다시 누인다.

"킴. 조금 더 누워 있어요. 물 한잔 갖다줄까요?"

그러고 보니 갈증이 난다.

"응. 물 한잔만 줘."

코럴은 조금 더 고개를 숙이며 나를 내려다본다. 코럴의 얼굴이 아주 가까이 있다. 이렇게 가까이서 코럴의 얼굴을 쳐다보기는 처음이다. 코럴의 깊은 눈동자에서 바다가 보인다. 호흡이 가빠진다. 코럴이 일어나 부엌으로 간다. 일어나 주위를 둘러보았다. 마당 한쪽에서 안쏘가 나를 쳐다보고 있다. 어딘지 모르게 뚱한 표정이다. 어색한 상황을 모면하려고 안쏘에게 말을 건넸다.

"안쏘. 내가 정신을 잃었었나? 내가 왜 여기에 누워 있지?"

안쏘는 화가 나 있다.

"네가 저 아래 백사장에서 정신을 잃고 쓰러져서 내가 업어다 여기에 뉘었어."

내 몸에 이상이 없는지 확인했다. 아무 이상이 없다. 오히려 머리는 맑아지고 몸도 가볍다.

안쏘는 나를 나무란다.

"킴. 건강 좀 생각해라. 담배도 좀 줄이고 밥도 제때제때 챙겨 먹고. 너 때문에 베네딕이 너무 힘들다."

"베네딕이 나 때문에? 왜? 나 아무렇지도 않아."

안쏘는 집밖으로 나간다. 왜 안쏘가 나에게 화를 내는지 당황스럽다. 한 번도 내게 기분 나쁜 표정을 보인 적이 없는데. 더구나 내가 정신을 잃고 쓰러졌다 일어났는데. 오히려 걱정스러운 표정을 지어야 할 텐데 화를 내고 나가버리니 어안이 벙벙하다. 코럴이 얼음물 한 컵을 갖다준다. 물을 마시고 평상에 다시 앉았다. 코럴이 옆에 앉는다. 코럴의 흑단 같은 머리칼에서 진한 꽃냄새와 고소한 코코넛 냄새가 난다. 코럴은 나와 같이 평상에 앉아 한동안 먼바다 쪽을 바라보다가 묻는다.

"킴. 몸은 어때요? 괜찮아요?"

"응. 괜찮아. 아주 좋은데! 잠을 푹 자고 일어난 느낌이야."

코럴은 복잡한 표정으로 나를 바라다본다. 가슴이 뛴다. 깊은 눈길과 꽃내음. 야자나무 향기에 나는 설렌다.

"베네딕은 어디 있어? 아직도 자나? 내가 쓰러졌는데 나와 봐야 하는 거 아냐?"

내 속마음을 들킬까봐 실없는 소리를 했다.

"삼촌이 제일 먼저 나와봤어요. 지금은 너무 힘들어 다시 방 안에 들어가 쉬고 있어요."

"그래? 베네딕 좀 불러줘. 나 괜찮다고 얘기하게."

"얘기 안 해도 삼촌이 다 알아요. 그리고 삼촌이 너무 무리해서 일어나기가 힘들 거예요. 오늘은 그냥 돌아가세요. 안쏘에게 배 준비하라고 할게요."

코럴의 표정이 단호하다. 내가 큰 잘못이라도 한 것 같아 당황스럽다. 코럴은 깊은 눈길로 당부한다.

"몸조심하세요. 마음 편히 갖고."

코럴은 조용히 일어나 안채로 들어갔다. 강렬한 태양으로 양지와 그늘의 경계가 뚜렷한 마당에 나 혼자 앉아 있었다. 안쏘가 돌아올 때까지.

온밤을 불면에 시달렸다. 두통은 아닌데 온몸이 무겁다. 지끈거리는 느낌도 바늘로 찌르는 아픔도 아니라 머릿속에 이물질이 두텁게 들러붙어 있는 듯 서걱대는 느낌이다. 밤새 누군가가 내 귀에 대고 속삭였던 것 같은 느낌도 있다. 눈을 뜬 아침이지만 몸은 물에 젖은 솜뭉치마냥 무겁고 기운이 없다. 욕실에 가려고 방문을 열고 나오니 마루에서 코럴이 헬메스 부부와 얘기를 나누고 있다. 이 마을의 추장인 헬메스는 굉장히 심각한 얼굴로 포노 섬 하늘 위를 선회하다 사라진 알바트로스에 대해 얘기하고 있다. 나를 보자 얘기를 멈춘다. 코럴이 내게 다가와 아침 인사를 건넨다.

"어! 코럴. 무슨 일 때문에 왔어?"

코럴이 말없이 미소 짓는다. 아침햇살만큼 밝다. 헬메스 부인이 대답한다.

"킴. 이제 일어났어? 코럴이 아침 일찍부터 와서 기다리고 있었는데."

난 영문을 모르겠다. 몸은 무겁고 정신은 아직 잠을 자고 있어 이 상황이 이해가 안 된다. 내 표정을 읽었는지 헬메스 부인이 설명한다.

"킴이 많이 아프다고 베네딕이 코럴한테 아침 좀 차려주라고 했대. 벌써 아침 준비는 끝났는데 킴이 일어나기를 기다리고 있었어. 빨리 씻고 코럴이 차려놓은 밥 먹어. 우리는 나가 있을게."

그냥 욕실에 들어가 씻고 나왔다. 방문이 활짝 열려 있다. 코럴이 내 잠자리를 다 정리하고 너저분한 옷가지와 쓰레기를 말끔히 치워놓았다. 그리고 내 낡은 책상 위에 아침을 차려놨다. 가게에서 파는 인스턴트 야채수프와 소시지볶음, 그리고 커피까지. 퀴퀴한 방이 갑자기 말끔히 치워져 있고 낡은 책상에 차려진 아침식사는 나를 더 당황스럽게 한다.

"와! 코럴. 이게 뭐야? 이걸 언제 차렸어?"

코럴은 내 지저분한 침대 한 모서리에 엉덩이를 걸치고 새침하게 앉아 눈으로 어서 먹으라고 얘기한다. 난 의자에 앉아 분에 넘치는 아침을 말없이 먹었다. 무슨 말이라도 해야 할 것 같아 생각 없이 물었다.

"코럴. 오늘 학교 안 가? 아, 방학이지. 근데 어떻게 왔어?"

코럴은 말없이 나를 비껴 창문을 바라보고 있다.

"아, 안쏘랑 왔겠구나. 안쏘는 선착장에 기다리고 있나."

내 말에 두서가 없다.

"참, 코럴. 아까 헬메스하고 알바트로스에 대해 얘기하던데 무슨 얘기야? 일 년에 한두 번 보기도 힘든 새가 요즘 왜 그렇게 자주 눈에 띄는 거야?"

"별 얘기 아니었어요."

코럴이 방을 나갔다. 퀴퀴한 냄새가 밴 방 안에 엷은 꽃향기와 코코넛 향기가 흐른다. 난 허둥지둥 옷을 갈아입고 뛰듯이 선착장으로 갔다. 이미 코럴은 조각배 중간쯤에 앉아 있다. 난 당연히 선수 쪽에 앉았다. 여전히 뚱한 표정의 안쏘가 아침 인사도 없이 배를 출발시킨다. 뱃전에 앉아 따가운 오전 햇살을 온몸으로 받으며 싱그런 아침 공기에 내 머리칼을 날린다. 배가 달리는 동안 내 얼굴을 때리는 바람의 향기가 말아진다. 포노 섬까지 가는 길 내내 온 정신은 내 뒤에 앉은 코럴에게 향했다. 포노 섬에 도착해 코럴은 먼저 집으로 올라가고 나와 안쏘는 조각배를 선착장에 매어놓았다. 저만치 앞에서 코럴이 열대의 화려한 꽃들 사이를 걸어가고 있다. 6월의 아침은 환한 햇살과 싱그러운 바람으로 가득하다. 나와 안쏘는 베네딕 집 마당 의자에 앉았다. 코럴은 방으로 들어가고 베네딕의 둘째 딸이 커피를 타온다.

"게티. 고마워. 아빤 일어났어?"

"아직 안 일어났어요. 많이 아파요."

게티의 표정이 어둡다.

"안쏘. 베네딕이 그렇게 많이 아파?"

안쏘는 뚱한 얼굴로 말한다.

"킴. 너는 모르고 있구나. 안 그래도 아픈데 너 때문에 이젠 정말 많이 아프다."

안쏘는 커피도 다 마시지 않고 내려가서 물고기를 확인하겠다며 나간다. 베네딕이 아픈 건 알겠는데 나 때문에 더 아프다니. 뭔가 이상하다. 아무래도 베네딕의 얼굴을 봐야겠다. 코럴이 안채 문을 열고 나온다.

"삼촌 아직 자요. 이따가 일어나면 봐요."

코럴은 내 앞길을 막은 채 나직하고 단호하게 얘기한다.

"어. 그래. 그럼 이따 보지."

난 다시 의자로 돌아와 앉았다. 코럴이 맞은편에 앉는다.

나를 향하는 코럴의 깊은 눈길에 말문이 막힌다.

"삼촌이 킴을 얼마나 생각하는지 알아요?"

뜬금없는 물음에 마땅한 대답이 없다.

"알지. 내가 베네딕에게 얼마나 많은 도움을 받았는데. 항상 고마워하고 있어."

코럴의 얼굴에 냉기가 스친다.

"우리 식구도 그렇고 여기 사람들도 삼촌이 왜 그렇게 킴을 위하는지 궁금해해요. 삼촌은 사람들에게 절대로 친절하게 대하지 않는데. 아니, 삼촌은 다른 사람들하고 술도 안 마셔요. 킴하고 안쏘뿐이지. 안쏘도 킴이 마시니까 곁에서 같이 마시는 거지, 평상시에 삼촌 곁에 가까이 가지도 않아요. 그런데 삼촌은 킴하고만 있으면 잘 웃고 술도 마시고……. 하여간 삼촌이 킴한테 특별히 대해요. 왜 그런지 전 잘 모르겠어요. 삼촌은 킴한테 너무 많은 것을 줬는데."

코럴은 야자나무 넓은 잎사귀 사이로 새어나오는 환한 아침햇살을 눈도 깜박이지 않고 응시한다. 난 할말이 없다. 코럴의 말이 절반도 이해되지 않는다.

난 얼른 일어나 베네딕 집을 나와 안쏘에게 갔다. 안쏘는 혼자서 간밤에 채집한 물고기들을 확인하고 있다.

"안쏘. 같이 해."

난 얼른 바다로 걸어들어가 안쏘가 하고 있는 일을 거들었다. 안쏘는 여전히 불편한 얼굴을 하고 있고 별말이 없다.

난 나대로 복잡한 심경이라 안쏘의 뚱한 얼굴을 외면하고 일을 거들었다. 점심때쯤 다시 베네딕 집으로 올라갔다. 베네딕 식구들 모두가 마당 평상에 모여앉아 있다. 그들에게 베네딕이 일어났냐고 물었다. 조금 전에 일어났다고 게티가 대답한다. 난 들어가 베네딕 얼굴 좀 보고 나오겠다고 얘기하고 안채로 들어갔다. 밝은 곳에 있다 어둑어둑한 집 안으로 들어서니 사물이 분간이 안 된다. 그 자리에 서서 어둠에 익숙해질 때까지 기다렸다. 집안 살림살이는 초라하지만 정갈하게 정돈돼 있다. 베네딕이 비스듬히 벽에 등을 기대고 앉아 허공을 바라보고 있다. 빈 의자를 끌어당겨 베네딕 앞에 앉았다.

"베네딕! 얼마나 아픈 거야? 꾀병 아냐? 며칠 전까지만 해도 팔팔하더만. 그만 일어나야지."

베네딕이 희미하게 웃는다. 웃는 얼굴에서 생기를 찾아보기 힘들다. 꼭 임종을 앞둔 환자 같다. 심각한 상황임을 실감한다. 불안감이 엄습한다. 베네딕의 허공에 닿은 눈빛이 힘없이 흔들린다. 낮은 목소리로 입을 연다.

"킴. 이제 몸은 괜찮아?"

"응. 어제는 내가 좀 무리를 해서 정신을 잃었지. 나 괜찮아. 네가 더 걱정이지. 왜 갑자기 이렇게 몸이 아픈 거야?"

가슴속에서 뜨거운 뭔가가 치밀어오른다.

"킴, 오늘밤은 더 불편할 거야. 그래도 놀라지는 마라. 며칠 지나면 다 괜찮아질 테니까. 내 몸은 내가 알아서 할게. 이젠 좀 자야겠어. 집사람 좀 불러줘."

베네딕이 침대에 눕는다.

환청_

꿈결에 베네딕의 목소리가 들린다. 꿈속에서 나는 대답했다. 나를 부르는 거냐고. 목소리는 끊어졌다 이어지며 불안정하다. 베네딕은 내게 대답을 하라고 한다. 난 꿈에서 깨어나고 싶다. 정신을 차리고 꿈에서 깼다. 침대시트는 땀에 흠뻑 젖어 있고 몸은 물속으로 가라앉듯이 무겁다. 두통은 없다.

샤워를 하고 코럴이 아침에 온다고 했던 말이 생각나 커튼을 젖히고 얼른 침대를 정돈했다. 코럴이 도착하기 전에 프라이팬에다 버터를 두르고 냉장고에서 식빵을 꺼내 구웠다. 냉장고에 굴러다니던 양상추를 썰어 드레싱을 얹었다. 코럴이 내가 차려놓은 아침상을 보고 놀랐다.

"킴. 내가 한다고 했잖아요. 왜 벌써 일어났어요."

나는 뿌듯한 마음에 자랑스레 두 사람분의 식사를 차렸다. 코럴은 어느새 커피를 준비했다. 내 마음을 어떻게 표현해야 할지 모르겠다.

"나도 맘만 먹으면 아침 정도는 챙겨 먹을 수 있어."

코럴이 깨끗이 행군 컵에 뜨거운 커피를 따라 내 앞에 놓는다. 아침햇살이 먼지 낀 창문을 통해 낡은 책상 위로 한가득 쏟아진다.

“잠은 잘 잤어요? 몸은 어때요?”

“좀 기운이 없긴 한데, 머리는 맑아. 두통도 없고.”

코럴은 깊고 힘있는 눈빛으로 나를 응시하고 있다.

“어, 근데 한 가지 이상한 게 있어. 자꾸 꿈에서 베네딕 목소리가 들려.”

“뭐라고 얘기하는데요?”

“잘 들리지는 않지만 나를 부르는 것 같은데. 그다음부터는 잘 안 들려. 그러다 꿈에서 깨고. 웃기지?”

난 이 어색한 상황에 개꿈 같은 얘기들을 계속하기가 뭣해 이만 출발하자고 했다. 코럴이 먼저 방을 나섰다. 우리는 선착장에서 화가 난 것 같은 표정의 안쏘를 만나 포노 섬으로 출근했다.

목소리_

베네딕이 또 나를 부른다. 물에 빠진 것처럼 사방은 흐릿하고 세상의 소리들은 뒤섞여 웅웅거리고 있다. 불안정한 시야와 소음 사이로 베네딕의 미약한 음성이 들린다. 이번엔 나도 마음을 다해 대답했다. 네가 나를 부르고 있는 거냐고. 꿈속 목소리가 조금씩 선명해진다.

— 킴! 이제 내게 시간이 얼마 없다. 돌아가기 전에 네게 설명해주어야 할 일들이 있어 너의 정신과 나를 연결했다. 갑자기 너의 의식 속으로 들어와 미안하구나.

— 이게 꿈이 아닌 건가? 왜 현실처럼 느껴지지.

— 킴, 나를 인식하고 세상을 인식하는 게 현실이지. 나를 모르고 세상을 모르면 언제나 꿈속이란다. 지금까지 너는 어디에 속해 있는 사람이었을까?

— 잘 모르겠어. 내가 지금까지 꿈속에서 살았는지, 현실에서 살았는지……. 근데 시간이 없다는 말은 무슨 뜻이야?

— 킴, 혼란스러워 하지 마라. 그냥 꿈이라고 생각해라. 그리고 시간이 없다는 것은 이젠 내가 돌아가야 할 시간이라는 뜻이지. 내가 할 일을 마쳤다는 뜻이고 이젠 나의 동족들

과 함께 쉴 수 있는 시간이라는 뜻이지.

— 베네딕! 지금 내게 무슨 일이 일어나고 있는 거야?

— 머리 아픈 건 어때?

— 괜찮은데. 오히려 정신을 잃기 전보다 더 맑아진 것 같아. 근데 머릿속이 좀 서걱대고 있는 건 분명해. 꼭 이물질이 서로 부딪히는 것 같아.

— 그동안 네 몸이 얼마나 엉망이었는지 넌 모르지? 네 머릿속은 엉키고 막혀 탁한 기운으로 가득했어. 그래서 너에게 내 정신을 조금 나누어주었다. 당분간은 불편하겠지만 며칠만 지나면 편해질 거다. 그때쯤이면 네 머리도 다 나을 테고 이식된 내 정신도 거의 네게 동화될 테니까.

— 그건 무슨 소리야? 네 정신을 나누어주었다는 말은?

— 네가 정신을 잃어 안쏘에게 업혀 실려왔을 때 너를 살펴보았어. 그전부터 네 안의 불안감과 부조화가 위태로울 정도였는데, 나도 많이 놀랐다. 혹시 너무 늦은 것은 아닌가 해서. 다행히 내가 어떻게 해볼 수 있는 정도라 급한 마음에 내 의지를 네게 조금 옮겨 심었으니 놀라지 마. 내가 제때 너의 머릿속을 정리하지 못했으면 위험할 수도 있었으니까. 그래. 거의 죽을 뻔했지. 킴, 그만 너를 괴롭혀. 넌 이제 이곳에 속한 사람이다. 더이상 그곳 사람일 수 없다. 이미 이곳의 시간에 익숙해져버린 넌 다시는 시간이 시간을 지배하는 그곳으로 돌아갈 수 없다. 내가 흘러가면 시간이 따라 흘러가고

네가 멈추면 시간이 멈추는 이곳을 기준으로 삼고 살아야 한다.

— 그렇게 살면 편해질까?

— 너 자신을 잊고 살 수는 있지.

— 나 자신을 잊고 살면 제대로 사는 거야?

— 네 자신을 잊은 후 세상을 통해 다시 너를 찾을 수만 있다면 흔들리지 않고 살아갈 수 있지.

— 언제나 네 얘기는 어렵네. 근데 베네딕! 너는 누구야? 너는 진짜 어떤 사람이야? 꼭 알고 싶어.

— 그래. 어차피 시간이 없구나. 마음을 열고 그냥 옛날이야기 듣는다고 생각하고 들어. 나는 너와는 조금 다른 존재다. 아니, 너희 인간과는 조금 다른 존재지. 그렇게 놀라지 마. 믿기 힘든 얘긴 줄은 나도 알고 있으니까. 그렇다고 내가 너희와 전혀 다른 존재는 아니다. 나는 너희 인간의 한줄기이다. 너희보다 앞선, 너희가 밀림에서 나와 초원으로 들어선 그때 우리 종족은 이미 지금의 너희보다 나은 문명을 이루고 있었지.

우리의 실질적인 시작은 인간의 시간으론 2백만 년 전부터 시작됐다. 그때부터 나의 동족들은 우리의 정체성을 갖기 시작했지. 물론 그것은 우리 시조들이 근근이 연명하며 살아남았던 기억들이 각인되고 전승돼 우리가 좀더 빨리 세상을 배울 수 있었고 강해질 수 있었지. 그래서 우리는 세상에 우뚝 설 수 있었다. 그때 이후로 우리는 세상의 어느 존재보다도 빠르게 발전해나갔다. 불을 사용하고, 도구를 이용하고, 동료들을 돌보며, 조직적인 공동체를 이루었지. 그 와중에 일부 우리의 사촌들은 진화하고 발전하고, 위기를 맞아 멸종하고. 또 일부는 초원의 생활에 적응하지 못하고 다시 밀림으로 돌아가기도 했지. 그렇게 시조로부터 갈라져나온 여러 무리 중 우리만 결국 지상에서 가장 강한 존재로 거듭났다. 가장 강한 존재인 우리는 오랫동안 번영을 누렸다. 그리고 우리는 그때까지 이 세상에 존재했던 어떤 생명체도 하지 못했던 미지의 정신세계로 발을 들여놓았다. 또 얘기가 어려워졌구나. 너도 알다시피 우리의 육체는 보잘것없단다. 환경이 조금만 변해도 생존은 위협받고 위태롭지. 다른 동물들보다 빨리 달릴 수도 없고, 강력한 이빨도 없는데다, 나무를 타는 법도 잊어버리고, 물속에서 살아갈 수 있는 능력도 포기했던, 물리적으로 너무나 연약한 우리가 정신세계로 발을 디딘 순간 세상에 두려운 것이 아무것도 없는 존재가 되었지. 정신세계가 무엇이냐고? 정신이란 형태와 현상에 규정되지 않고 사물의 본질을 이해하고 받아들이는 거지. 사물의 본질이란 이 세상은 하나로 출발했고 세상의 모든 것들이 연결돼 있다는 것. 결국 우리는 세상과 연결된 존재라는 것. 세상이 우리와 연결돼 있다는 것. 그래서 나는 구름이 될 수 있고 바람이 될 수 있다는 것. 내가 사자가 될 수 있고 호랑이가 될 수 있다는 것. 호랑이가 내가 될 수 있고 나무가 내가 될 수 있다는 것. 우리는 모두가 하나로 연결돼 있다는 것. 그래서 우리는 원하는 어떤 힘을 빌려 쓸 수 있게 되었지. 그리고 우리는 필요에 따라 사자가 되고 호랑이가 되고 독수리가 되어 우리의 번영을 추구해나갔다. 그렇게 우리는 더욱 번창해갔어. 그때 너희 인간이 막 밀림에서 나와 우리 곁으로 왔지. 아주 미미한 존재로. 그때 인간은 털북숭이에 겁이 많고 호기심도 많은 시끄러운 존재였다. 그 당시만 해도 우리는 충분히 월등한 존재였기에 그런 너희들을 같은 생명의 줄기에서 나온 어린 사촌이라 생각하고 너그러운 마음으로 우리 주위에 맴도는 것을 허용해주었다.

킴! 조금만 더 참고 들어. 네가 혼란스러운 것은 당연한 거다. 그렇게 위대한 존재가 왜 지금 이 세상에서 다 사라졌냐고? 그렇게 말도 안 되는 얘기가 어디 있냐고? 우리에 대해 계속 얘기할게. 우리의 사촌들 중 대부분은 멸종했고 일부는 다시 밀림으로 돌아갔지. 그리고 우리는 진정한 세상의 지배자가 됐다. 우리는 세상의 사물과 소통할 수 있고 세상의 사물을 조절할 수도 있었으니까. 우리의 영원한 번영을 당연하게 받아들였지. 아! 그래. 우리의 문명에 대해 설명을 해야겠구나. 정신적인 거라고 얘기했지. 세상의 사물과 소통하고 조절할 수 있다고. 과일이 필요하면 과일나무에 열매가 열리도록 조절하고, 고기가 필요하면 야생동물들 중 무리에서 도태되어야 될 개체를 선택해 고기를 얻고. 물고기가 필요하면 물고기들을 모아 잡아올렸지. 꽃이 피기를 바라면 꽃을 피워내고, 바람이 필요하면 바람을 만들어냈다.

거의 신과 같은 존재라고? 믿을 수 없다고? 왜? 사물 간의 공명은 우주의 기본 법칙이다. 모든 생명들은 환경과 공명해야 살아남을 수 있는 거야. 공명의 능력이 떨어지는 개체나 종족들은 멸종되어왔고 또 앞으로도 멸종되어갈 것이다.

기원_

— 우리의 문명은 그렇게 발전해나갔다. 앞으로 인간의 문명이 발전할수록 인간도 미래에 대한 절망적인 진실들을 하나둘씩 알게 되겠지. 우리는 절망했다. 아무리 우리 무리가 세상 곳곳을 다니며 창조와 멸망의 비밀을 조사하고 우주의 신비를 탐구하고 미래를 대비해도 우리의 능력으론 다가올 종말을 피할 수 없다는 사실에. 그래서 여러 가지 해결책을 모색했다. 결론은 두 가지였지.

하나는, 세상의 사물들을 우리의 영원한 생존에 도움이 되도록 다 바꾸어버리고 이용하자는 의견. 또하나는, 비록 세상에서 사라져버리더라도 그것은 자연의 법칙이므로 그것을 거스르며 우리의 확실하지도 않은 영원을 위해 다른 존재들을 이용하는 것은 해선 안 되는 일이라는 의견이 충돌했지. 그런데 그 충돌 이외에도, 오히려 뜻을 같이하는 사람들 사이에서도 여러 가지 방안에 대해서 충돌이 있었어. 처음에는 각자의 의견을 관철시키기 위해 각자의 능력을 과시하고, 피치 못할 땐 서로에게 물리적인 상처를 입히며 의견을 강요했지. 그러다 사상자가 나오기 시작하고 형제자매, 친구가 목숨을 잃고, 결국 전쟁이 시작되었어. 시작은 양쪽의 신념 중 어느 쪽이 옳은 것이냐의 의견 충돌이었으나, 누가 어떤 뜻을 가지고 있든 상관없이 살생이 시작되고 서로를 향한 증오가 깊어져 신념은 광기에 휩쓸려버렸다. 죽고 죽이는 참혹이 계속 이어졌어. 절대 우위를 가릴 수 없는 혼돈의 살육전 끝엔 각자가 스스로의 능력을 제어할 수 없는 위험한 선을 넘겨 사용하고 말았지.

바람과 정신이 닿은 자는 바람을 부르고,
불과 정신이 닿은 자는 불을 사용하고,
맹수와 정신이 닿은 자 맹수의 힘을 육신에 받아들이고,
창공의 독수리와 정신이 닿은 자 독수리가 되고,
세상의 진리를 읽는 자는 자신의 이익을 위해 내일을 읽고.
각자의 능력들을 동족 학살에 사용하는 미친 전쟁…….

모든 광기가 그렇듯 광기는 상대편을 죽이고 결국 자신도 파멸을 맞지. 그렇게 양쪽 진영이 전멸에 가까울 정도로 많은 사상자를 낸 다음에야 승자도 패자도 없는 전쟁은 끝이 났다. 결론은 어떻게 됐냐고? 한쪽은 우리 모두의 영원을 위해 다른 생명체에게 희생을 강요하자는 주장이었어. 한쪽은 우리의 영원을 위해 다른 생명체에게 희생을 강요할 수 없다는 신념을 위해서는 목숨까지도 버릴 각오를 했어. 당연히 희생을 강요했던 쪽은 동족의 생명까지 앗아가며 그 신념을

지킬 수는 없었던 거고. 전쟁이 끝난 후 살아남은 자들은 깊은 상처를 안고 회오와 묵상으로 침잠했어. 서로가 서로에게서 고립돼갔지. 그렇지 않아도 우리의 속성은 무리 짓기보다 단독으로 존재하고 홀로 사유하게끔 진화했는데 그 전쟁 이후로 우리는 더욱 고독해지고 고독해진 만큼 정신세계를 더욱 깊이 탐미해 들어갔던 거야.

그러는 수만 년 동안 너희 인간은 힘겹게 세상에 적응해 나가고 있었다. 지구의 환경이 좋을 때는 번창하고 척박할 땐 개체의 연속성이 위협받을 만큼 수가 줄고. 그러다 약 7만 5천 년 전 즈음 황소자리 시간에 우리의 고향에서 바람으로 닷새 걸리는 인도네시아 수마트라 북부 토바 섬에서 커다란 불기둥이 솟아올랐다. 잔해가 그 넓은 섬을 온통 뒤덮고 먼지가 하늘을 가려 몇십 년 동안 태양은 힘을 잃었다. 지상의 많은 생명체들이 멸종되고 살아남은 생명체들도 서식지의 변화로 생존의 어려움을 겪었지. 그때 너희 인간도 멸종의 위기를 맞았다.

그 여자! 우리 종족 '세상을 보는 능력을 가진 존재' 중에 가장 현명한 존재였던 노파가 있었다. 그 노파는 젊은 시절 연을 맺어서는 안 될 상극의 남자와 정신과 육체를 교환하여 여자아이 하나를 얻었는데 얼마 못 가 잃고 말았어. 그 아픔으로 홀로 세상을 관조하며 여생을 보내던 노파는, 남쪽 먼 섬에서 불기둥이 솟아 수많은 생명체들과 인간들이 사라져갈 때 갑자기 너희 무리 중 상처 입은 한 여자아이 하나를 거두어 보살피고 치료를 해주었지. 눈망울이 초승달을 닮은 어린 여자. 그 이름이 이브였단다.

노파는 초승달 눈망울을 가진 이브를 치료한 후, 이브를 데리고 자신의 보금자리를 떠나 고향땅 남쪽 해변으로 옮겨 갔다. 노파가 인간 소녀와 남쪽 바닷가로 자리를 옮기자 남겨진 몇 명의 사내아이들도 따라갔어. 그 무리가 지금의 인간의 직접적인 선조다.

노파가 달빛이 충만한 밤마다 해변에 너희들을 모아 앉혀 놓고 들려주었던 세상 곳곳의 얘기들과 밤하늘의 별을 읽는 법과 하늘의 구름과 바람에 깃든 의미를 알려주고, 세상의 인간에게 이로운 식물과 해로운 식물과 인간이 병들었을 때 증상에 따라 사용할 수 있는 유용한 약재들을 가르쳐주었다. 물론 노파도, 또 우리도, 그 행위가 오늘날에 인간이 여기까지 오게 하는 중요한 바탕이 될 줄은 몰랐다. 그때만 해도 노파나 우리 무리는 너희 인간을 세상에서 살아남지 못할 어리석고 불쌍한 존재로만 여겼었으니까. 물론 너희 인간에게만 우리의 지식을 전해준 것은 아니었다. 그전에도 여러 생명체들에게 지식을 전했다. 다만 인간만이 특별히 빨리 습득을 하고 생존에 적용해나갔지.

이브의 후예들은 해안가를 따라 걸어 동쪽 대륙이 눈앞에 보이는 곳까지 도착했다. 그때는 많은 바닷물이 얼음에

간혀 해수면이 낮아졌을 때니 오랜 바닷가 생활을 한 인간 무리에게는 바다를 건너 동쪽 대륙으로 들어가는 것은 어려운 일이 아니었다.

베네딕의 목소리가 점점 멀어진다.

— 베네딕! 많이 힘들구나. 근데 너 다시 일어날 수 없어? 네가 그렇게 뛰어난 존재라면 더 오래 건강하게 살 수도 있잖아?

— 아니! 이젠 나만의 문제가 아니라 우리 종족 전체에 문제가 생겼다. 실은 나도 벌써 내 동족에게 돌아가 있어야 하는데 아직 '멀리 나는 자' 친구들이 돌아오지 않았다. 조금 늦는 것 같다.

— '멀리 나는 자'가 누군데? 그 친구들이 오면 넌 돌아가야 하는 거야?

— 지난번 선착장 보수공사를 마치고 기념식 할 때 너도 봤잖아. 곧 그 친구들이 올 거야.

목소리는 멀어지고 나는 잠에서 깨었다. 잠자리는 땀으로 흥건하게 젖어 있다. 해가 뜨기 전인지 창밖 하늘이 어둑하다. 삐거덕대는 낡은 의자에 앉아 현실처럼 생생했던 꿈의 내용들을 생각해봤다. 그 꿈이 현실보다 더 선명하게 떠오른다. 몸은 가뿐하기 그지없다. 당장이라도 동네 한 바퀴를 뛸 수 있을 것처럼 힘이 넘친다. 살며시 방문을 열고 마당으로 나갔다. 사위는 어둡지만 마당 풍경이 눈에 들어온다. 수줍게 꽃잎을 오므린 노란 꽃나무와 밤공기의 수분을 먹고 꼿꼿이 일어선 잔디와 희끗한 하늘을 배경으로 아직도 잠을 자고 있는 야자나무들. 어둠에서 밝음 그 경계의 시간에 곧 다가올 밝은 세상을 위해 준비하는, 고요함 속의 부산함……. 마치 내 안의 모든 신경들이 올올이 일어서 주위를 느끼고 있는 것 같다.

우린 두려웠던 거지_

뱃전에 앉아 눈을 감았다. 얼굴과 목덜미, 팔뚝을 스치는 바람이 선명히 느껴진다. 바람에 실린 세상의 소식들도 느낄 수 있다. 먼 곳 어디에선가 욕망들이 어제의 미진했던 몸부림을 아침햇살 아래 다시 시작하느라 기지개를 켰다. 그 미세한 파장이 느껴지고, 어제의 고단했던 비행으로 모든 기운을 소진하고 잠들었던 갈매기들이 다시 비상하는 날갯짓 소리도 들린다.

내 뒤쪽에 앉아 고요히 아침 바다를 감상하는 코럴의 맑은 기운이 느껴진다. 베네딕의 쇠잔함을 진심으로 안타까워하는 안쏘의 슬픔도 느껴진다. 포노 섬 선착장 길게 이어진 마을길은 여전히 무거운 정적에 잠겨 있다. 커다란 망고나무 그늘 아래서 개구지게 놀고 있을 어린 사내놈들도 다 사라지고 게으른 몸짓으로 어슬렁대고 있을 동네 개들도 보이지 않는다. 적막에 싸인 마을길을 지나 베네딕 집으로 들어섰다. 안쏘는 말없이 장비를 챙겨 해변으로 내려가고 코럴은 조용히 안채로 들어갔다. 난 야자나무 아래 아무도 없는 탁자에 앉았다. 멜린이 물속을 걷듯 조신한 걸음으로 걸어와 커피를 내준다.

"커피 고마워. 아빠는 어때? 차도가 좀 있어?"

멜린은 슬픈 눈으로 고개를 젓는다.

"이젠 말씀도 못하세요."

멜린은 얼른 쟁반을 챙겨 안채로 돌아간다. 현실보다 더 선명한 어젯밤의 혼란스러운 꿈 때문에 베네딕의 얼굴을 보기가 망설여진다. 천천히 잔을 비우고 베네딕이 누워 있는 안방으로 들어갔다. 커튼을 거쳐 창으로 들어오는 아침햇살에 방 안의 음영이 뚜렷이 나뉘어 있다. 베네딕은 햇볕이 들지 않는 벽 쪽의 침상에 누워 있다. 어제보다 더 생기가 없어 보인다. 거친 얼굴은 더 죽어 있다. 방 안의 공기는 축축하고 무겁다. 옆에 앉아 따듯하고 투박한 베네딕의 손을 잡았다. 베네딕과 함께했던 많은 일들이 생각난다. 서진이가 죽고 난 뒤 현지인들이 나를 우습게 보고 말도 안 되는 트집을 잡아가며 이곳에서 쫓아내려고 할 때 그림자처럼 내 뒤에 서서 보호해주었던 일, 너무 지치고 힘들어 모든 것을 포기하려고 할 때마다 나와 술을 마셔주며 별일 아니라며 나를 토닥여주었던 일, 이곳에서 살려면 어떻게 처신해야 하는지 알려주었던 일까지, 많은 일들이 생각난다. 갑자기 베네딕의 웃음소리가 들리는 것 같다. 메마르고 튼 입술이 웃고 있는 것 같다. 나도 고마움을 담아 미소를 지었다. 방 안의 공기가 조금 가벼워지는 것 같다.

다시 베네딕의 목소리가 들린다. 어젯밤보다 더 선명한 목소리다.

— 킴! 너무 아파하지 마. 세상의 모든 일은 다 합당한 이유가 있기에 일어나는 거다. 만나야 되니까 만나고 헤어져야 되니까 헤어질 뿐, 어떤 아쉬움을 가질 필요는 없지. 그냥 받아들이면 된다.

— 베네딕. 진짜 지금 내가 너하고 얘기하고 있는 거야? 꿈을 꾸고 있는 게 아니라.

— 어제 이브와 그 무리들이 새로운 땅으로 들어선 것까지 얘기했지. 하던 얘기를 계속해줄게. 그후 이브와 무리들은 이미 풍요로운 고향땅을 떠나 새로운 땅덩어리에서 세상의 정보를 수집하는 내 동족의 무리들을 뒤따랐다. 그리고 우리가 낯선 땅에서 살아가는 방법을 지켜보며 습득했다. 너희는 우리가 생각했던 것보다 훨씬 강하고 현명했지. 몇만 년 동안 그런대로 지속되던 온화한 세상이 혹독한 얼음의 시대로 바뀌던 때였다. 우리는 서너 번 얼음의 시간을 견디어왔기에 별문제가 아니었으나 인간에겐 견디어내기 어려운 시련이었다. 그런데 너희는 그 시련을 잘 견디었지. 불을 의지하고, 의복을 개량하고, 움막을 짓고, 서로의 체온을 나누며 잘 견디었다. 그때 우리는 어떻게 되었냐고? 이제 우리의 마지막을 얘기해야 되겠구나. 왜 마지막이냐고? 그래. 우리는 아직도 이 세상에서 존재하고 있다. 인간이 우리를 찾을

수는 없지만. 우리는 존재하지만 존재하는 것이 아니다. 우리의 시간은 끝나버렸으니. 우리가 왜 이 세상에서 눈에 안 띄는 존재가 됐는지 얘기해주마. 그 전쟁이 끝나고 우리는 각자가 서로 떨어져 깊이 침잠해갔다. 그 어리석고 처참한 전쟁을 후회하며 반성했었다. 그리고 그것으로 우리의 잘못을 다 용서받았다고 생각했지. 근데 그것이 끝이 아니었다. 너희 인간이 얼음의 세상에 적응하고 견디어나가고 있을 때, 우리에게 마지막 저주가 내렸다. 그 전쟁 동안 다른 생명체의 힘을 과도하게 끌어 쓴 대가로 우리의 육신이 무너지기 시작한 것이다. 몸에 세포들이 뒤틀리고 어긋나기 시작했다. 우리는 결사적으로 우리의 정신을 순화시켜 무너지는 육신을 바로잡으려고 노력했다. 어느 정도 효과가 있었지. 육신의 어긋남이 조금씩 치유됐다. 그런데 다음으로 정신이 무너져갔다. 육신의 몰락은 우리의 정신력으로 제어했지만 우리도 모르게 이식된 야성의 기운은 시간이 지날수록 우리들의 정신을 갉아먹기 시작했다. 늑대의 힘을 빌린 자는 늑대의 본성으로 밤마다 들판으로 나가 눈에 띄는 생명들을 닥치는 대로 물어뜯었고, 사자의 힘을 빌린 자는 사자의 광폭함을 못 이겨 자기와 대적할 만한 생명들을 다 죽여버렸지. 불의 힘을 빌려 쓴 자는 불의 힘으로 세상을 불태워버렸다. 우리는 다시 세상의 생명체들을 위하여 미쳐버린 동족들을 우리 손으로 제거할 수밖에 없었다. 그때 알았다. 광기에 오염된 우리는 옛날로 돌아갈 수 없음을.

우린 다시 선택의 기로에 섰다. 육신을 포기하든지, 정신을 포기하든지. 우리의 정신을 보전하려면 육신을 버리고 다른 생명체에 우리의 정신을 이식해야 하고, 육신을 보존하려면 정신을 지우고 먼 옛날 우리가 정신의 세계를 모르던 그 원시의 세계로 돌아가든지 해야 했다. 우리는 강인하고 아름다운 육체인가? 세상과 하나가 되고 싶은 정신이 우리인가? 그 물음 앞에 선뜻 대답할 수 없었다. 너희 인간도 가까운 미래에 이 물음에 답해야 할 것이다. 만약 육신을 버리고 정신만이 존재한다면? 태초부터 오늘까지 이어진 모든 생명체의 시원인 그 단 하나의 형태를 창조했던 생명체가 지녔던 속성을 포기한다면, 육신을 동반하여 생존하고 번식하는 그 속성을 포기한다면, 육신이 없는 정신이란 무슨 의미가 있을까? 결국 어느 방법도 우리의 본질을 보존하기에는 부적합한 방법이었다. 그래서 우리는 결론을 유보하고 기다리기로 했다. 살아남은 소수인 우리는 모두 동면에 들기로 합의했다. 우린 남쪽 끝 얼음의 대륙에 모여 우리의 육신을 모두 얼음 속에 봉인하고, 오염된 정신들도 분리해내어 육신과 같이 가두었다. 그러자 광폭한 개체들의 정신들은 모두 봉인되었고 순화된 차원 높은 정신들만 남았다. 세상을 보는 자, 우주를 읽는 자, 바다를 품은 자, 대지를 느끼는 자, 멀리 나는 자, 그런 정신들만이 남은 거지. 남은 정신들은 다시 세상으로 나왔다. 정신이 지속되기 위해선 육신이 필요한데, 우리는 다시 그런 실수를 반복하지 않기 위해서 절대 살아 있는 생명체를 빌리지 않고 죽어가는 생명체를 사용했다. 우리의 정신을 담기 위해서는 아무래도 고등생물이 필요했다. 바다표범, 물개, 고래, 알바트로스의 몸을 빌려 세상으로 이동했다. 그렇게 돌아온 세상엔 놀랍게도 너희 인간이 자리잡고 있었다. 우리는 기뻤다. 우리와 가장 가까운 존재가 세상에서 가장 현명하고 강한 존재가 돼 있다는 사실이. 더구나 너희 인간은 불필요한 살생과 전투를 즐기는 존재였기에 항상 죽어가는 개체들이 널려 있으니 우리 정신이 옮아가는데 어려움이 없었다. 그래서 우리는 인간의 육신을 빌려 인간 세상에 잠복하여 존재해왔다. 우리가 세상에 안착한 후 처음에 흥미를 느꼈던 것은 너희 인간이었다. 아무리 그 노파가 너희에게 우리의 지식 일부를 전수했었다 해도 어떻게 그 짧은 몇천 년 사이에 지상에서 가장 현명하고 강한 존재가 됐는지 이해되지 않았다. 한동안 우리는 너희를 지켜보았다. 그리고 근래에 들어서 몇 가지를 알았다. 너희 인간이 지상에서 가장 강한 존재가 될 수 있었던 이유를.

너희 인간은 무자비했다. 소용이 닿는 거라면 어떤 것이라도 게걸스럽게 채집하고 사냥하여 보관했다. 오지도 않은 내일을 위해 다른 무리들의 먹이가 남아나지 않더라도 자신을 위해 할 수 있을 만큼 채집하고 사냥을 했다.

또 한 가지. 너희 인간에겐 우리에게 없던 이상한 감정이 있다. 지금도 정의하기가 힘든 '집착'이라는 것. 무슨 의미인지 잘 이해가 안 된다고? 글쎄, 나도 명확하게 설명할 수가 없구나. 우리에게는 없는 감정이니까. 물론 우리도 그 비슷한 감정이 있지. 그런데 우리의 그 감정과 인간의 집착은 같으면서도 너무 다른 형태이다. 우리는 인간의 그 특별한 감정을 해석하려고 많은 시간을 보냈다. 결국 그 감정이 부조리한 여러 가지 의미를 함의한다고 이해했다. 집착에 따른 애정. 너희가 사랑이라고 부르는 불가사의한 정신의 오류. 그것에 따른 희생. 자신을 포기하면서까지 자족할 수 있는 비합리적인 정신세계. 우리는 집착과 그에 수반되는 여러 형태의 감정들이 인간을 비약적으로 짧은 시간에 생태계의 최강자로 만들어냈다고 결론내렸다. 그리고 왜 그 감정이 다른 종족이나 다른 생명체, 세상 모든 존재들에게 확장되지 못하고 편향된 특정 대상에게만 깊은 호감을 표현하는 이유에 대해서도 알아냈다. 사랑이나 이해심은 정신에 관계된 욕망들이다. 이런 욕망은 세상에 의문을 품지 않은 단순하고 명료한 생존체계의 생물들이 환경에 적응하는 방식을 복잡하게 변환시키면서, 습득되는 감정이다. 일반적으로 변화를 겪는 생명체는 어떤 선을 넘어서고 나서 그후 수백만 년을 더 육신을 동반한 정신세계의 확장에 다다르는데, 너희 인간은 너무 짧은 순간에 그 과정을 이루어냈기에 미숙하고 오류가 있는 것이다. 우주 근원에 의문이 발달해나가려면 사유가 필요한데 너희 인간은 그 과정을 깊고 오랜 성찰 없이 지나왔기에 너희가 이룬 문명에 비해 현격히 미숙하고 어리석은 존재가 된 거다.

킴! 너도 심정적으로는 나의 생각에 동의하는구나. 그래. 당연히 내 얘기의 전부를 이해할 수는 없지. 내가 누구냐고 물어봤지? 노파의 기억을 고스란히 이어받은 '마음으로 세상을 보는 자'라 명명된 존재다. 이제 어느 정도 이해가 됐니? 그래. 깊이 생각하지 마라. 네가 이해하려고 마음을 집중하면 훗날 자연스럽게 받아들여질 테니까.

앞으로 인간이 어떻게 해야 하느냐고? 그건 인간이 정해야지. 다만 그전에 존재 이유를 알아야 할 거야. 내가 보기에도 인간들이 이 문제에 대한 합의를 공유하기는 불가능할 거라고 생각한다. 너는 어떻게 살아야 할까? 이 문제 또한 너의 선택이지. 그런데 너는 이미 알고 있잖아. 그렇게 살면 된다. 항상 주위를 둘러보고 모든 것을 느끼고, 돌이켜 생각해보고, 너의 아픔보다 타자의 아픔을 생각하면 된다. 너 혼자 그렇게 사는 게 세상에 무슨 도움이 되냐고? 그래봤자 세상은 바뀔 게 없다고? 아니다! 개별적이고 파급력 없는 행위라도 세상의 이치를 따라 순수한 얼밍으로 행하여야 한다면, 그 몸짓만으로 변화는 가능하다. 공허하게 들리겠지. 개개인의 절대성을 철저히 외면하고 달려온 너희로선 개체가 단독으로 표현하는 생각에 의미를 부여할 수 없겠지. 너무 미약한 출발이니까.

킴! 넌 밤하늘이 왜 아름답다고 생각하니? 별들은 왜 빛날까? 별들이 빛난다는 건 어떤 의미일까? 대답할 수 없구나. 미안하다. 어려운 얘기구나. 그래도 한번 생각해봐. 왜 우주에 수많은 별들이 빛을 내는지. 별들이 빛을 낸다는 것은 별들 스스로가 자신의 존재를 불사르는 것이다. 자신의 구성 요소들을 다 태워버리고 탄생 이전의 상태로 돌아간다는 뜻이다. 인간으로 치면 죽음으로 돌아가는 행위지. 태초의 우주를 아니? 암흑의 우주를, 시간으로 규정될 수 없는 한순간에 탄생해 절대속도로 팽창해간 그때의 우주를. 빛이 없었기에 어둠도 없었던 절대 암흑이었던 그때를. 그때 수많은 별들 중에 하나가 빛을 내기 시작했다. 그 빛은 암흑인 우주에 미약하고 의미 없는 빛이었지. 주변의 많은 별들은 무심했고 무반응했다. 암흑의 우주에서 처음으로 빛을 냈던 별이 소멸되자 다시 절대 암흑이 되었다. 그러나 멀리 있던 또다른 하나의 별이 오랜 시간 우주를 건너온 그 빛에 공명하여 빛을 발했다. 그 별도 사라지고 다시 멀리 있던 다른 별이 그 빛을 받아 빛을 밝히고. 다음은 두 개의 별이 빛을 밝히고, 다음은 다섯 개의 별이 빛을 밝히고, 그렇게 공명하는 별들이 늘어나 모든 별들이 빛을 밝혔다. 빛을 밝히고 소멸한 별들은 먼지로 떠돌다가, 그 먼지들이 다시 모여 새로운 별로 생성되고. 그래서 언제 어느 곳에서 바라보아도 별이 빛나는 아름다운 우주가 되었다. 별이 빛을 발하지 않았다면 우리는 존재할 수 없었다. 우주의 별들이 빛을 발했기에 우주는 다양해지고 충만해졌지.

한 마리 새가 노래를 하면 곧이어 주변의 새들이 그 노래에 맞춰 합창을 한다. 하나의 나무가 꽃을 피우면 다른 나무들도 따라 꽃을 피우고, 강 건너 한 점 반딧불이 깜박이면 어느 순간 강둑의 모든 반딧불이 공명하여 함께 반짝인다. 너희 인간들 중에도 외로이 빛을 밝히고 간 존재들이 있지. 그 시간에는 희미한 반짝임이 부정되고 잊혔지만 결국엔 그 희미함이 모두의 의지를 일깨워 시대를 밝히는 빛을 만들어냈다. 다른 사람을 의식하지 마라. 네가 빛을 발하고자 한다면 너만의 빛을 밝히면 된다. 너의 빛이 세상에 의미가 있다면 언젠가는 세상 사람들이 너의 빛에 공명할 거다. 세상은, 우주는, 그렇게 빛을 내는 것이다.

킴! 이 말이 너에게 위로가 됐으면 좋겠다. 힘이 많이 든다. 내일 오후면 내 동족들이 도착한다. 그전에 내가 할 일이 있다. 먼 여정을 위해 내 정신에서 인간의 감정을 털어내고 가볍게 해야 한다. 내가 인간 세상에서 습득한 지식들을 여과하고 순치해 정수만을 취합해야 한다. 그래야 먼 여행을 할 수 있으니까. 그래. 네 생각대로 내 인간의 시간을 더 연장할 수도 있다. 이미 이 몸은 죽은 몸이니까 내 의지대로 사용할 수 있는 몸이지. 아! 인간 세상이 싫어진 건 아니다. 오히려 즐겁고 행복한 시간이었다. 데리안을 만나 따듯하고 세세한 배려를 받았고 사랑스러운 두 딸을 보며 인간의 행복도 느꼈다. 코럴의 생명력 있는 아름다움도 지켜볼 수 있었고, 안쏘의 순수하고 천진한 마음에 언제나 유쾌했다. 사실은 오래전에 결정을 내렸어야 했다. 그런데 결정을 미룬 것은 너희 인간의 시간을 좀더 지켜보고 싶어서였다. 어쩌면 너희 인간의 문명에서 우리 문제의 실마리를 찾을 수 있을 것 같아 조금 더 기다렸다. 그리고 이제 결론을 내렸다. 우리가 가장 두려워하고 피하고 싶었던 결론이지. 우리도 이미 알고 있었으면서도 다만 그 결론을 행하기가 두려웠던 거지.

여행_

— 우리는 언제 그 여행을 떠나느냐고? 어떻게 우리가 그 여정을 떠난 줄 알 수 있느냐고? 알 수 있을 거야. 우리가 출발하는 날 너희는 선명한 불빛을 보게 될 거다. 그 빛을 보면 우리가 기약 없는 먼 여행을 떠났다고 생각해. 이만 작별해야겠다. 내가 먼 우주 어느 공간에서 별들을 바라볼 때면 가끔 너를 생각할게. 너도 가끔은 내가 생각날까?

베네딕의 목소리가 사라졌다. 난 조용히 일어나 마당으로 나가 밤하늘을 올려보았다.

작별_

안쏘와 나는 간밤에 보관해둔 관상어를 확인하고 분류했다. 자맥질로 지친 몸을 이끌고 나와 야자나무 그늘 아래 앉았다. 모래밭에서 올라오는 열기에 얼굴이 화끈거린다. 안쏘의 얼굴이 굳어 있다. 천진난만한 미소는 어디에도 없다. 이 침묵이 거북해 혼잣말처럼 중얼거렸다.

"수온이 너무 높아서 고기들 상태가 안 좋네. 그물을 깊은 데로 옮겨야겠다."

안쏘의 표정은 변화가 없다. 난 무안해져 물결 따라 빛이 부서지는 바다를 바라보았다. 주위는 적막하다. 세상이 멈추어선 것 같다. 갑자기 안쏘의 호흡이 거칠어진다. 안쏘는 어느 한 곳을 바라보고 있다. 나도 안쏘의 시선을 따라 하늘을 올려다보았다. 높고 푸르른 창공에 검은 점들이 배회하고 있다. 알바트로스 무리가 아주 높은 하늘에서 날다가 커다란 원을 그리며 점점 더 가까워지고 있다. 안쏘가 벌떡 일어나 언덕 위로 뛰어올라간다. 나도 뒤따라 언덕을 올라 베네딕의 집으로 향했다. 집 안 마당엔 불길한 정적이 가득하다. 열려 있는 안채로 들어갔다. 식구들이 베네딕의 손을 붙들고 있다. 데리안과 두 딸의 어깨가 들썩인다. 코럴은 석상처럼 굳었다. 안쏘는 환한 창문을 등진 채 두 손을 꼭 말아쥐고 서 있다. 난 어찌할 바를 몰라 그 자리에 얼어붙어버렸다. 시간이 얼마나 흘렀는지 모르겠지만 안쏘가 밖으로 나간다. 나도 밖으로 나왔다. 안쏘가 나를 보며 힘없는 목소리로 얘기한다.

"내가 동네 사람들에게 알릴 테니 넌 식구들에게 준비하라고 해."

그리고 안쏘는 빠른 걸음으로 집을 나갔다. 나도 정신을 차리고 데리안에게 안쏘의 말을 전했다.

"데리안. 준비를 해야 할 것 같아. 안쏘가 사람들을 부르러 갔어. 그만 일어나."

석상처럼 서 있던 코럴이 내 어깨를 잡는다.

"킴, 내가 준비할게요."

코럴이 멜린과 게티를 데리고 방을 나간다. 나도 방을 나왔다. 방에서 데리안이 흐느끼는 소리가 새어나온다. 코럴이 어디선가 커다란 보퉁이를 갖고 와 방으로 들어간다. 두 딸은 마당에 주저앉아 참았던 울음을 터뜨린다. 교회의 종소리가 소란하게 울린다.

저녁에 마을회당에서 회의가 열렸다. 추장과 목사, 각 가정의 대표들, 그리고 청년들 대부분이 모여앉았다. 오늘밤 시신을 병원으로 옮겨 부패 방지를 위한 약품 처리를 하고 장례식은 모레부터 사흘간 치르기로 했다. 장례식에 필요한 품목과 수량을 정하고 각 가정별로 분담시킨다. 선착장부터 장례식장까지 주변 정리는 젊은이들이 담당하고 물고기는 낚시꾼들이 다음날부터 나가 잡기로 했다. 사내아이들이 빵나무 열매를 따오고 손질을 끝내면, 아낙네들이 문상객들을 위해 도시락을 준비하고, 장례식장 주변에 텐트를 여러 동 설치하기로 했다. 그리고 나이든 남자들은 시신의 약품 처리와 사망신고, 그리고 각 섬으로 부고를 전하는 일을 맡았다.

회의가 끝나고 동네는 분주해졌다. 그동안 준비해놓은 땔감을 음식하는 곳으로 옮기고 장례식에 필요한 물품들을 점검했다. 나는 미동도 못하고 뒷전에 가만히 앉아만 있었다.

베네딕의 장례식은 생각 이상으로 성대했다. 시신을 실은 앰뷸런스가 병원에서 출발하자 비상등을 켠 수많은 차량이 뒤를 따른다. 앰뷸런스가 지나는 길에 행인들은 걸음을 멈추고 고개를 숙였다. 아녀자들은 앰뷸런스가 사라질 때까지 길가에 무릎을 꿇고 앉아 있었다. 시신을 포노 섬으로 운송하기 위해 도착한 부둣가에는 각 섬에서 온 많은 배들이 정박해 있었다. 먼저 시신을 실은 배가 길게 물보라를 일으키며 출발하고 그뒤를 따르는 많은 배들이 부둣가를 가득 메웠다. 배가 포노 섬에 도착하자 동네 장정들이 관을 메고 장례식장인 마을회당으로 천천히 움직였다. 베네딕의 시신 뒤로 데리안과 두 딸 그리고 코럴이 따르고, 그뒤로는 얼굴을 한 번도 본 적이 없는 노인 다섯 명이 따랐다. 그뒤를 각 섬의 추장들이 따르고, 또 뒤로는 각 섬의 원로들이 따라 걸었다. 행렬은 끝이 없었다.

오래만에 섬에 전등불이 밝혀지고 많은 사람들이 마을회당에 모이니 덩달아 동네 꼬마들도 밤잠을 안 자고 나와 엄마가 몰래 쥐여주는 주전부리를 한 손 가득 들고 구석에 모여 놀고 있다. 동네 남자들도 문상객이 끊긴 밤이 되자 테이블에 둘러앉아 커피를 마시고 담배를 피우며 성대하게 시작된 장례식의 여러 뒷이야기와 다음날의 일정, 그리고 베네딕이 없는 포노 섬의 장래에 대해 의견들을 주고받는다. 서서히 흐트러져가는 분위기와는 상관없이 노인 다섯 명이 앉아 있는 테이블 쪽은 여전히 무거운 공기에 싸여 있다. 노인들은 명상에 잠긴 듯 눈을 감고 말없이 앉아 있다 한 노인이 생각난 듯 몇 마디 말을 하면 고개들을 끄덕이다 다시 침묵하고 또 한참이 지난 뒤에 한 노인이 몇 마디를 하면 짧게 답을 하고 다시 침묵한다.

그 주위로는 아무도 얼씬하지 않는다. 그들이 누군지 무슨 얘기를 하는지 궁금해 일부러 옆을 지나며 귀를 기울였지만 노인들은 내가 전혀 알아들을 수 없는 생소한 언어로 얘기를 나누었다.

장례식 후, 나는 데리안과 상의해 데리안 집으로 숙소를 옮기기로 했다. 안쏘에게 부탁해 헛간 옆에 방 두 칸과 화장실 겸 욕실이 딸린 작은 건물을 지었다. 보름 만에 공사를 끝내고 시멘트 냄새와 페인트 냄새가 뒤섞인 방으로 거처를 옮겼다. 내가 조금 큰 방을, 안쏘가 작은 방을 쓰기로 했다. 그날 저녁은 데리안과 두 딸, 그리고 안쏘와 내가 둘러앉아 코럴이 정성껏 차린 음식을 말없이 먹었다. 데리안은 여전히 혼이 빠져 있는 것 같고 두 딸은 얼굴이 퉁퉁 부어 있다. 코럴에겐 침울함만이 가득했다.

다음날부터 나는 일상으로 돌아가려고 노력했다. 힘없는 안쏘를 닦달해 채집한 관상어를 확인하고 관리했다. 코페와 하르를 무작정 바다로 내몰아 관상어 채집을 시켰다. 그렇게 우리는 조금씩 일상으로 돌아갔다.

8월이 가고 신학년이 시작되면서 코럴은 다시 학교로 출근하고 두 딸도 등교를 시작했다. 데리안도 조금씩 기운을 차려갔다. 마을도 차츰 활기를 찾았다. 안쏘도 평소처럼 관상어 관리에 신경쓰며 열심히 일했으나 필요한 얘기 외에는 거의 말을 하지 않았다. 나도 점점 나만의 생각에 빠져 있는 시간이 늘어갔다. 나의 지난날들과 이곳에서의 시간들, 베네딕과 함께했던 시간들, 코럴을 향한 내 마음, 이런저런 것들을 생각하고 또 생각했다. 결론은 언제나 마음이 가는 대로 몸도 따라가는 것이 최선이라는 것이었다.

아침부터 안쏘와 나는 아쿠아마린에 보낼 물고기의 종류와 마릿수를 확인하고 해변가 그늘로 나와 앉았다. 난 그동안 하고 싶었던 말을 꺼냈다.

"안쏘. 앞으로 어떻게 할 거야? 특별한 계획 있어?"

말없이 한참을 있다가 작은 소리로 대답한다.

"아니. 아무 계획 없어. 너는 무슨 계획이 있어?"

나 또한 별 계획이 있을 리 없다.

또 한참을 우리는 말없이 모래사장에 앉아 있다.

"킴, 미안해. 내가 너무 화만 내서. 베네딕이 그러지 말라고 했는데."

"혹시 나 때문에 베네딕이 더 살 수 있었는데 죽었다고 생각하는 거야?"

"아냐. 나도 알아. 베네딕이 떠나고 싶어 떠났다는 걸. 그냥 나 자신한테 화도 나고, 또 미안하기도 하고."

"속시원히 얘기 좀 해봐."

난 조용히 안쏘의 다음 말을 기다렸다.

"쏘렌이 딸아이를 낳고 나서 이틀 만에 죽었어."

처음으로 안쏘가 죽은 아내의 이름을 말했다.

"쏘렌이 죽고 나서 난 미쳤었어. 매일 술에, 마리화나에, 싸움질이었지. 그때 베네딕이 나를 도와줬어. 너처럼."

"베네딕이?"

"그래. 그때 베네딕이 내 마음을 쓰다듬어주고 따듯한 온기를 나누어주었지. 그래서 내가 다시 살 수가 있었어. 코럴도 마찬가지고."

"코럴도?"

"코럴도 아빠가 일찍 돌아가셨잖아. 그때 코럴도 많이 힘들었어."

이제야 이해가 된다. 우리가 왜 그렇게 베네딕과 가깝게 지냈는지를.

"안쏘. 아직도 많이 슬프니? 이제 그만 힘들어해. 우리도 이젠 살아가야지."

"힘들진 않아. 이미 한번 겪어봤는데. 그리고 슬픈 건 잘 모르겠어. 어떤 감정인지. 그때 쏘렌이 죽었을 때도 그랬지만. 그냥 생각이 없어져. 다만 갑자기 한쪽 발이 짧아져버렸어. 아무 생각 없이 길을 걷다보면 짧아진 한쪽 발 때문에 갑자기 휘청거리는 거야. 술을 마셔도 짧아진 발은 자라나지 않고, 밥을 먹고 잠을 자도 자라나지 않아. 그냥 계속 길을 걷다가 휘청대. 그럼 깜짝깜짝 놀라지. 아마 백 밤은 더 자야지 두 발이 같아질 거야. 옛날에도 그랬어. 시간이 지나고 나서야 걸을 때 더이상 휘청대지 않았어. 백 밤만 자고 나면 괜찮아질 거야. 걱정하지 마."

나는 목이 멘다. 백 밤이 지나면 괜찮아질까? 그래, 서진이가 죽고 나서도 시간이 좀 지나니까 밥도 잘 먹었는데. 내 발은 짧아지지 않았었는데. 길을 걷다가 휘청대지 않았었는데.

안쏘가 다시 작게 얘기한다.

"킴, 조금만 기다려줘. 내 짧아진 발이 다 자라날 때까지. 그럼 괜찮아질 거야. 그리고 미안해. 너한테 화난 게 아니라 나한테 화가 났던 거야. 내가 그때 미치지만 않았더라면, 그래서 베네딕이 내게 나눠주었던 힘을 아꼈더라면, 죽기 전에 좀더 맑은 정신이었을 텐데. 실은 베네딕이 죽기 전에, 베네딕이 내게 하고 싶었던 얘기를 다 듣지 못했어. 그래서 후회가 돼."

그 이야기는 나만 들은 게 아니었다.

"무슨 얘기를 들었어?"

"다 듣지는 못했는데, 베네딕이 그랬어. 살면서 힘든 일이 생기면 언제든지 자기한테 물어보라고. 자기는 언제나 내 맘속에 있으니까 살다가 힘든 일이 있으면 언제든지 물어보라고. 그럼 언제나 답을 해줄 거라고. 그리고 더이상 자기가 필요 없으면 놔달라고 했어. 그래야 자기도 편해지고 나도 편해진다고. 그래서 나도 내 짧은 발이 다 자라나고 더이상 베네딕이 필요 없어지면 놓아줄 거야. 킴, 너도 네 마음이 다 나으면 베네딕을 놓아줘."

그랬구나. 내 맘속엔 네가 있구나. 내가 살면서 많이 힘들어지면 내 마음에게 물어보면 되겠구나. 그럼 넌 언제나 내 맘속에서 대답해주겠구나. 그리고 더이상 너를 짊어지고 살아가기 힘들어지면 살며시 너를 내려두면 되는구나.

오전의 햇볕이 더 강렬해지면서 그 광휘는 바다 위에, 푸르른 야자나무에, 모래사장 위에 부서지고 있다.

서로에게 이유가 되는 것_

이른 저녁식사를 마치고 모두 각자의 방으로 돌아갔다. 식어버린 커피를 앞에 두고 멍하니 앉아 베네딕의 무덤을 바라보았다. 정성스럽게 치장한 비석 앞에 데리안이 만든 화려하고 생기 넘치는 꽃다발이 놓여 있다. 하염없이 꽃다발을 보고 있자니 자꾸 가슴 한쪽이 허전해진다. 어젯밤 마시다 남은 보드카가 생각나 가지고 나왔다.

아직 잠들지 않았을 텐데도 안쏘의 방문은 닫혀 있고 숨소리도 들리지 않았다. 집에선 어떤 소음도 새어나오지 않았다. 더이상 집에 있기가 불편해 언덕을 내려와 해변에 앉았다. 모래사장으로 밀려왔다 밀려가는 파도 소리와 환초 대에 부딪히는 먼 파도 소리가 중첩되어 나를 세상과 단절시켰다. 누군가가 다가오는 소리에 뒤를 돌아보았다.

코럴이었다. 달빛과 별빛을 모두 받으며 걸어오던 그녀는 두 무릎을 감싸안으며 내 옆에 앉았다.

"왜 안 자고 나왔어?"

내 목소리는 갈라지고 불안정하다. 코럴은 대답이 없다.

"다른 사람들은 다 자?"

나직이 대답한다.

"그냥 자는 척들만 하고 있어요."

뒤에 말을 잇기가 힘들다. 우린 잠시 말없이 바다를 바라보았다.

"내가 여기 있는 줄 어떻게 알았어? 조용히 나왔는데."

"킴이 어디에 있든지 나는 알 수 있어요."

짧은 호흡이 목에 걸린다. 갈라지는 목소리로 대답했다.

"내가 어디 있는지 코럴이 어떻게 알아? 점쟁이도 아니고."

"킴도 내가 다가오는 걸 알았잖아요?"

"그거야 인기척이……"

그러고 보니 코럴이 다가오는 걸 알아차린 거리가 인기척을 느낄 만큼 가까운 거리는 아니었다. 다시 한번 짧은 호흡이 목에 걸린다.

"그러게. 어떻게 내가……."

그리고 난 스쳐가는 어떤 생각에 혼란스러워 한마디도 할 수 없다. 코럴이 내 어깨에 기댄다. 열대의 강렬한 꽃내음이 맡아진다. 설레는 침묵을 이어갔다. 정적이 길어졌고 결국 내가 어색하게 말을 꺼냈다.

"코럴. 날 좋아해? 난 나이도 많고 또 여기 사람도 아닌데."

코럴이 고개 들어 나를 바라본다.

"우린 처음부터 좋아했어요. 그날 인사를 나눈 그 순간부터."

연말의 흥청대는 분위기가 싫어 베네딕의 집에 간 날. 처음 만났던 그 순간. 무심한 눈길로 목례를 주고받던 그 순간부터 난 너를 좋아했구나. 너도.

두 손으로 코럴의 얼굴을 감싸고 입을 맞추었다. 한 번도 느껴본 적 없는 것 같은 떨림이 온몸을 관통해간다. 나의 입맞춤은 집요하고 간절했다. 마치 우리가 당연히 해야 할 일을 한다는 듯이 내 마음속에 담아두었던 말들이 비집고 나온다.

"너를 처음 보았을 때부터 언제나 이 순간을 꿈꾸어왔어. 이루어질 수 없는 일이라는 걸 알았지만. 그런데 마음이 바뀌었어. 코럴! 너와 함께라면 다시 한번 사람이 사는 일들을 참아내고 견디어낼 수 있을 것 같아. 너하고 같이 있고 싶어."

"나도 알아요. 나만이 당신에게 위로가 될 수 있다는 걸. 그리고 킴만이 나를 수줍게 만들어요. 나를 애타게 만들어요."

코럴을 안고 다시 입을 맞추었다. 깊고 또 깊었다. 내 심장을 코럴의 심장에 가까이 댔다. 코럴의 나직한 탄성이 내 귓가를 간지럽게 한다. 나는 얕은 파도가 되어 코럴에게 밀려갔다. 이 세상에 나와 코럴, 둘만 남은 것 같다. 코럴이 존재하지 않는다면 나는 아무것도 아닌 것이 되고, 내가 존재하지 않는다면 코럴 역시 아무것도 아닐 것이다. 서로가 서로의 이유가 되면서 달빛과 별빛은 선명해져갔다.

그렇게 우리는 시작되었다.

La Reine Hortense
Queen Hortense

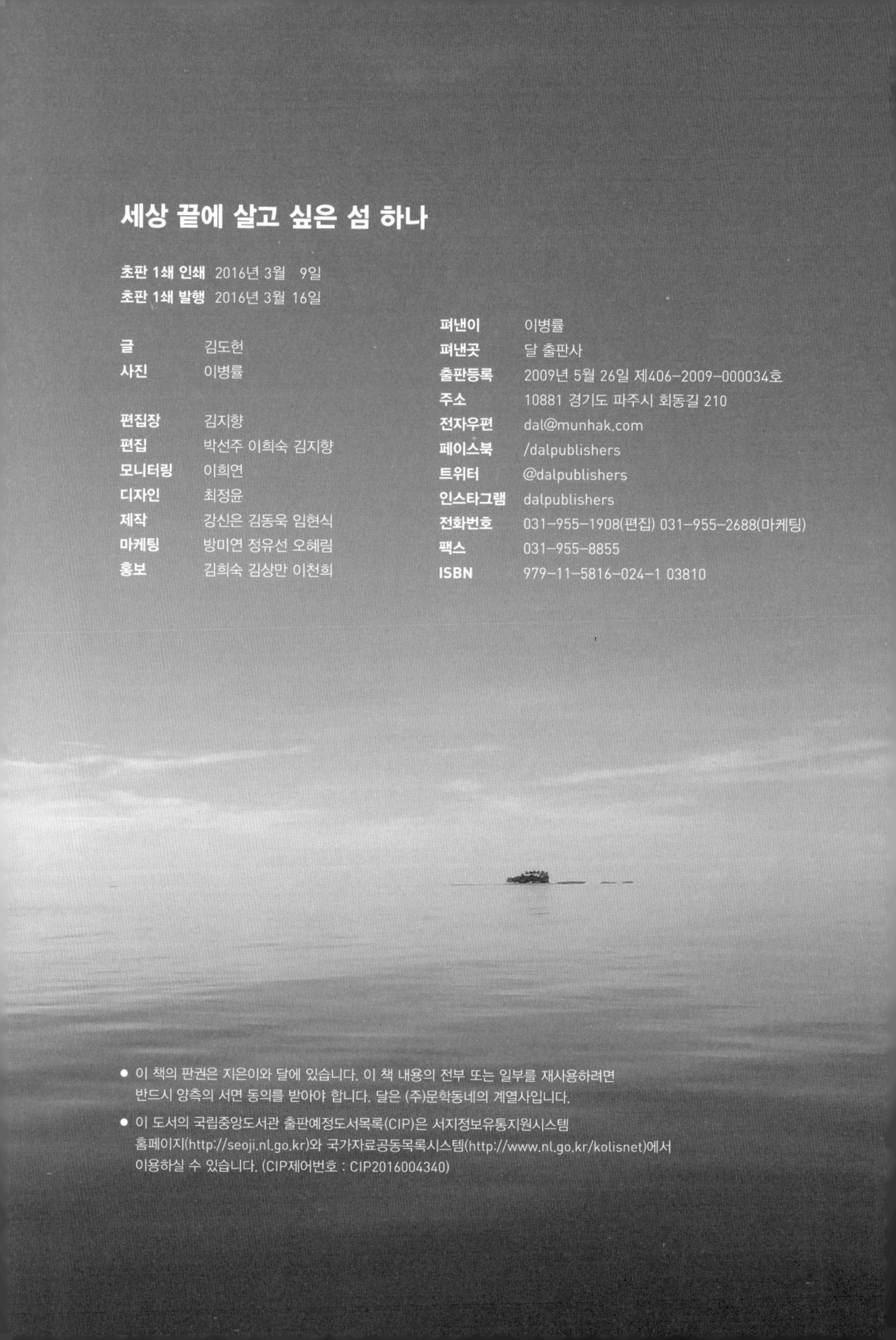

세상 끝에 살고 싶은 섬 하나

초판 1쇄 인쇄 2016년 3월 9일
초판 1쇄 발행 2016년 3월 16일

글 김도헌
사진 이병률

편집장 김지향
편집 박선주 이희숙 김지향
모니터링 이희연
디자인 최정윤
제작 강신은 김동욱 임현식
마케팅 방미연 정유선 오혜림
홍보 김희숙 김상만 이천희

펴낸이 이병률
펴낸곳 달 출판사
출판등록 2009년 5월 26일 제406-2009-000034호
주소 10881 경기도 파주시 회동길 210
전자우편 dal@munhak.com
페이스북 /dalpublishers
트위터 @dalpublishers
인스타그램 dalpublishers
전화번호 031-955-1908(편집) 031-955-2688(마케팅)
팩스 031-955-8855
ISBN 979-11-5816-024-1 03810

- 이 도서의 국립중앙도서관 출판예정도서목록(CIP)은 서지정보유통지원시스템 홈페이지(http://seoji.nl.go.kr)와 국가자료공동목록시스템(http://www.nl.go.kr/kolisnet)에서 이용하실 수 있습니다. (CIP제어번호 : CIP2016004340)